La gran sultana

1615

MIGUEL DE CERVANTES

CONTENIDO

PERSONAS

SALEC, turco renegado.
ROBERTO, renegado.
UN ALÁRABE.
EL GRAN TURCO.
UN PAJE, vestido a lo turquesco.
Otros tres garzones.
MAMÍ, eunuco.
RUSTÁN, eunuco.
DOÑA CATALINA DE OVIEDO, Gran Sultana.
SU PADRE.
MADRIGAL, cautivo.
ANDREA, espía.
Dos judíos.
UN EMBAJADOR DE PERSIA.
Dos moros.
EL GRAN CADÍ.
Cuatro bajaes ancianos.
CLARA, llamada Zaida.
ZELINDA, que es Lamberto.
UN CAUTIVO ANCIANO. Dos músicos.

LA GRAN SUTANA

JORNADA I

Sale SALEC, turco, y ROBERTO, vestido a lo griego, y,
detrás dellos, un ALÁRABE, vestido de un alquicel;
trai en una lanza muchas estopas, y en una varilla de membrillo,
en la punta, un papel como billete,
y una velilla de cera encendida en la mano;
este tal ALÁRABE se pone al lado del teatro,
sin hablar palabra, y luego dice ROBERTO:

ROBERTO
La pompa y majestad deste tirano,
sin duda alguna, sube y se engrandece
sobre las fuerzas del poder humano.
Mas, ¿qué fantasma es esta que se ofrece,
coronada de estopas media lanza?
Alárabe en el traje me parece.

SALEC
Tienen aquí los pobres esta usanza
cuando alguno a pedir justicia viene
(que sólo el interés es quien la alcanza):
de una caña y de estopas se previene,
y cuando el Turco pasa enciende fuego,
a cuyo resplandor él se detiene;
pide justicia a voces, dale luego
lugar la guarda, y el pobre, como jara,
arremete turbado y sin sosiego,

7

y en la punta y remate de una vara
al Gran Señor su memorial presenta,
que para aquel efecto el paso para.
Luego, a un bello garzón, que tiene cuenta
con estos memoriales, se le entrega,
que, en relación, después, dellos da cuenta;
pero jamás el término se llega
del buen despacho destos miserables,
que el interés le turba y se le niega.

ROBERTO
Cosas he visto aquí que de admirables
pueden al más gallardo entendimiento
suspender.

SALEC
Verás otras más notables.
Ya está a pie el Gran Señor;
puedes atento verle a tu gusto,
que el cristiano puede mirarle
rostro a rostro a su contento.
A ningún moro o turco se concede
que levante los ojos a miralle,
y en esto a toda majestad excede.

(Entra a este instante el GRAN TURCO con mucho acompañamiento;
delante de sí lleva un PAJE vestido a lo turquesco,
con una flecha en la mano levantada en alto,
y detrás del TURCO van otros dos garzones
con dos bolsas de terciopelo verde,
donde ponen los papeles que el TURCO les da.)

ROBERTO
Por cierto, él es mancebo de buen talle,
y que, de gravedad y bizarría,
la fama, con razón, puede loalle.

SALEC
Hoy hace la zalá en Santa Sofía,
ese templo que ves, que en la grandeza
excede a cuantos tiene la Turquía.

ROBERTO

A encender y a gritar el moro empieza;
el Turco se detiene mesurado,
señal de pïedad como de alteza.
El moro llega; un memorial le ha dado;
el Gran Señor le toma y se le entrega
a un bel garzón que casi trai al lado.

(En tanto que esto dice ROBERTO y el TURCO pasa,
tiene SALEC doblado el cuerpo y inclinada la cabeza,
sin miralle al rostro.)

SALEC
Esta audiencia al que es pobre no se niega.
¿Podré alzar la cabeza?

ROBERTO
Alza y mira,
que ya el Señor a la mezquita llega,
cuya grandeza desde aquí me admira.
(Éntrase el Gran Señor,
y queda en el teatro SALEC y ROBERTO.)

SALEC
¿Qué te parece Roberto,
de la pompa y majestad
que aquí se te ha descubierto?

ROBERTO
Que no creo a la verdad,
y pongo duda en lo cierto.

SALEC
De a pie y de a caballo, van
seis mil soldados.

ROBERTO
Sí irán.

SALEC
No hay dudar, que seis mil son.

ROBERTO
Juntamente, admiración

y gusto y asombro dan.

SALEC
Cuando sale a la zalá
sale con este decoro;
y es el día del xumá,
que así al viernes llama el moro.

ROBERTO
¡Bien acompañado va!
Pero, pues nos da lugar
el tiempo, quiero acabar
de contarte lo que ayer
comencé a darte a entender.

SALEC
Vuelve, amigo, a comenzar.

ROBERTO
«Aquel mancebo que dije
vengo a buscar: que le quiero
más que al alma por quien vivo,
más que a los ojos que tengo.
Desde su pequeña edad,
fui su ayo y su maestro,
y del templo de la fama
le enseñé el camino estrecho;
encaminéle los pasos
por el angosto sendero
de la virtud; tuve a raya
sus juveniles deseos;
pero no fueron bastantes
mis bien mirados consejos,
mis persecuciones cristianas,
del bien y mal mil ejemplos,
para que, en mitad del curso
de su más florido tiempo,
amor no le saltease,
monfí de los años tiernos.
Enamoróse de Clara,
la hija de aquel Lamberto
que tú en Praga conociste,
teutónico caballero.

Sus padres y su hermosura
nombre de Clara la dieron;
pero quizá sus desdichas
en escuridad la han puesto.
Demandóla por esposa,
y no salió con su intento;
no porque no fuese igual
y acertado el casamiento,
sino porque las desgracias
traen su corriente de lejos,
y no hay diligencia humana
que prevenga su remedio.
Finalmente, él la sacó:
que voluntades que han puesto
la mira en cumplir su gusto,
pierden respetos y miedos.
Solos y a pie, en una noche
de las frías del invierno,
iban los pobres amantes,
sin saber adónde, huyendo;
y, al tiempo que ya yo había
echado a Lamberto menos
(que éste [es] el nombre del triste
que he dicho que a buscar vengo),
con aliento desmayado,
de un frío sudor cubierto
el rostro, y todo turbado,
ante mis ojos le veo.
Arrojóseme a los pies,
la color como de un muerto,
y, con voz interrumpida
de sollozos, dijo: "Muero,
padre y señor, que estos nombres
a tus obras se los debo.
A Clara llevan cautiva
los turcos de Rocaferro.
Yo, cobarde; yo, mezquino
y un traidor, que no lo niego,
hela dejado en sus manos,
por tener los pies ligeros.
Esta noche la llevaba
no sé adónde, aunque sé cierto
que, si fortuna quisiera,

fuéramos los dos al cielo".
A la nueva triste y nueva,
en un confuso silencio
quedé, sin osar decirle:
"Hijo mío, ¿cómo es esto?"
De aquesta perplejidad
me sacó el marcial estruendo
del rebato a que tocaron
las campanas en el pueblo.
Púseme luego a caballo,
salió conmigo Lamberto
en otro, y salió una tropa
de caballos herreruelos.
Con la escuridad, perdimos
el rastro de los que hicieron
el robo de Clara, y otros
que con el día se vieron.
Temerosos de celada,
no nos apartamos lejos
del lugar, al cual volvimos
cansados y sin Lamberto.»

SALEC
Pues, ¿cómo? ¿Quedóse aposta?

ROBERTO
«Aposta, a lo que sospecho,
porque nunca ha parecido
desde entonces, vivo o muerto.
Su padre ofreció por Clara
gran cantidad de dinero,
pero no le fue posible
cobrarla por ningún precio.
Díjose por cosa cierta
que el turco que fue su dueño
la presentó al Gran Señor
por ser hermosa en estremo.»
Por saber si esto es verdad,
y por saber de Lamberto,
he venido como has visto
aquí en hábito de griego.
Sé hablar la lengua de modo
que pasar por griego entiendo.

SALEC
Puesto que nunca la sepas,
no tienes de qué haber miedo:
aquí todo es confusión,
y todos nos entendemos
con una lengua mezclada
que ignoramos y sabemos.
De mí no te escaparás,
pues cuando te vi, al momento
te conocí.

ROBERTO
¡Gran memoria!

SALEC
Siempre la tuve en estremo.

ROBERTO
Pues, ¿cómo te has olvidado
de quién eres?

SALEC
No hablemos
en eso agora: otro día
de mis cosas trataremos;
que, si va a decir verdad,
yo ninguna cosa creo.

ROBERTO
Fino ateísta te muestras.

SALEC
Yo no sé lo que me muestro;
sólo sé que he de mostrarte,
con obras al descubierto,
que soy tu amigo, a la traza
como lo fui en algún tiempo;
y, para saber de Clara,
un eunuco del gobierno
del serrallo del Gran Turco
podrá hacerme satisfecho,
que es mi amigo. Y, entre tanto,

puedes mirar por Lamberto:
quizá, como tuvo el alma,
también tendrá preso el cuerpo.

(Éntranse.)

(Salen MAMÍ y RUSTÁN, eunucos.)
MAMÍ
Ten, Rustán, la lengua muda,
y conmigo no autorices
tu fee, de verdad desnuda,
pues mientes en cuanto dices,
y eres cristiano, sin duda:
que el tener ansí encerrada
tanto tiempo y tan guardada
a la cautiva española,
es señal bastante y sola
que tu intención es dañada.
Has quitado al Gran Señor
de gozar la hermosura
que tiene el mundo mayor,
siendo mal darle madura
fruta, que verde es mejor.
Seis años ha que la celas
y la encubres con cautelas
que ya no pueden durar,
y agora por desvelar
esta verdad te desvelas.
Pero, ¡espera, perro, aguarda,
y verás de qué manera
la fe al Gran Señor se guarda!

RUSTÁN
¡Mamí amigo, espera, espera!

MAMÍ
Llega el castigo, aunque tarda;
y el que sabe una traición,
y se está sin descubrilla
algún tiempo, da ocasión
de pensar si en consentilla
tuvo parte la intención.
La tuya he sabido hoy,

y así, al Gran Señor me voy
a contarle tu maldad.

(Éntrase MAMÍ.)

RUSTÁN
No hay negalle esta verdad;
por empalado me doy.

(Sale DOÑA CATALINA DE OVIEDO,
GRAN SULTANA, vestida a la turquesca.)
SULTANA
Rustán, ¿qué hay?

RUSTÁN
Mi señora,
de nuestra temprana muerte
es ya llegada la hora:
que así el alma me lo advierte,
pues en mi costancia llora;
que, aunque parezco mujer,
nunca suelo yo verter
lágrimas que den señal
de grande bien o gran mal,
como suele acontecer.
Mamí, señora, ha notado,
con astucia y con maldad,
el tiempo que te he guardado,
y ha juzgado mi lealtad
por traición y por pecado.
Al Gran Señor va derecho
a contar por malo el hecho
que yo he tenido por bueno,
de malicia y rabia lleno
el siempre maligno pecho.

SULTANA
¿Qué hemos de hacer?

RUSTÁN
Esperar
la muerte con la entereza
que se puede imaginar,

aunque sé que a tu belleza
sultán ha de respetar.
No te matará sultán;
quien muera será Rustán,
como deste caso autor.

SULTANA
¿Es crüel el Gran Señor?

RUSTÁN
Nombre de blando le dan;
pero, en efecto, es tirano.

SULTANA
Con todo, confío en Dios,
que su poderosa mano
ha de librar a los dos
deste temor, que no es vano;
y si estuvieren cerrados
los cielos por mis pecados,
por no oír mi petición,
dispondré mi corazón
a casos más desastrados.
No triunfará el inhumano
del alma; del cuerpo, sí,
caduco, frágil y vano.

RUSTÁN
Este suceso temí
de mi proceder cristiano.
Mas no estoy arrepentido;
antes, estoy prevenido
de paciencia y sufrimiento
para cualquiera tormento.

SULTANA
Con mi intención has venido.
Dispuesta estoy a tener
por regalo cualquier pena
que me pueda suceder.

RUSTÁN
Nunca a muerte se condena

tan gallardo parecer.
Hallarás en tu hermosura,
no pena, sino ventura;
yo, por el contrario estremo,
hallaré, como lo temo,
en el fuego sepultura.

SULTANA
Bien podrá ofrecerme el mundo
cuantos tesoros encierra
la tierra y el mar profundo;
podrá bien hacerme guerra
el contrario sin segundo
con una y otra legión
de su infernal escuadrón;
pero no podrán, Dios mío,
como yo de vos confío,
mudar mi buena intención.
En mi tierna edad perdí,
Dios mío, la libertad,
que aun apenas conocí;
trújome aquí la beldad,
Señor, que pusiste en mí;
si ella ha de ser instrumento
de perderme, yo consiento,
petición cristiana y cuerda,
que mi belleza se pierda
por milagro en un momento;
esta rosada color
que tengo, según se muestra
en mi espejo adulador,
marchítala con tu diestra;
vuélveme fea, Señor;
que no es bien que lleve palma
de la hermosura del alma
la del cuerpo.

RUSTÁN
Dices bien.
Mas no es bien que aquí se estén
nuestros sentidos en calma,
sin que demos traza o medio
de buscar a nuestra culpa

o ya disculpa, o remedio.

SULTANA
Del remedio a la disculpa
hay grandes montes en medio.
Vámonos a apercebir,
amigo, para morir
cristianos.

RUSTÁN
Remedio es ése
del más subido interese
que al Cielo puedes pedir.

(Éntranse.)
(Salen MAMÍ, el eunuco, y el GRAN TURCO.)

MAMÍ
Morato Arráez, Gran Señor,
te la presentó, y es ella
la primera y la mejor
que del título de bella
puede llevarse el honor.
De tus ojos escondido
este gran tesoro ha sido
por industria de Rustán
seis años, y a siete van,
según la cuenta he tenido.

TURCO
¿Y del modo que has contado
es hermosa?

MAMÍ
Es tan hermosa
como en el jardín cerrado
la entreabierta y fresca rosa
a quien el sol no ha tocado;
o como el alba serena,
de aljófar y perlas llena,
al salir del claro Oriente;
o como sol al Poniente,
con los reflejos que ordena.

Robó la naturaleza
lo mejor de cada cosa
para formar esta pieza,
y así, la sacó hermosa
sobre la humana belleza.
Quitó al cielo dos estrellas,
que puso en las luces bellas
de sus bellísimos ojos,
con que de amor los despojos
se aumentan, pues vive en ellas.
El todo y sus partes son
correspondientes de modo,
que me muestra la razón
que en las partes y en el todo
asiste la perfección.
Y con esto se conforma
el color, que hace la forma
hermosa en un grado inmenso.

TURCO
Este loco, a lo que pienso,
de alguna diosa me informa.

MAMÍ
A su belleza, que es tanta
que pasa al imaginar,
su discreción se adelanta.

TURCO
Tú me la harás adorar
por cosa divina y santa.

MAMÍ
Tal jamás la ha visto el sol,
ni otra fundió en su crisol
el cielo que la compuso;
y, sobre todo, le puso
el desenfado español.
Digo, señor, que es divina
la beldad desta cautiva,
en el mundo peregrina.

TURCO

De verla el deseo se aviva.
¿Y llámase?

MAMÍ
Catalina,
y es de Oviedo el sobrenombre.

TURCO
¿Cómo no ha mudado el nombre,
siendo ya turca?

MAMÍ
No sé;
como no ha mudado fe,
no apetece otro renombre.

TURCO
¿Luego, es cristiana?

MAMÍ
Yo hallo
por mi cuenta que lo es.

TURCO
¿Cristiana, y en mi serrallo?

MAMÍ
Más deben de estar de tres;
mas ¿quién podrá averiguallo?
Si otra cosa yo supiera,
como aquésta, la dijera,
sin encubrir un momento
dicho o hecho o pensamiento
que contra ti se ofreciera.

TURCO
Descuido es vuestro y maldad.

MAMÍ
Yo sé decir que te adoro
y sirvo con la lealtad
y con el justo decoro
que debo a tu majestad.

TURCO
Al serrallo iré esta tarde
a ver si yela o si arde
la belleza única y sola
de tu alabada española.

MAMÍ
Mahoma, señor, te guarde.

(Éntranse estos dos.)

(Salen MADRIGAL, cautivo, y ANDRÉS, en hábito de griego.)

MADRIGAL
¡Vive Roque, canalla barretina,
que no habéis de gozar de la cazuela,
llena de boronía y caldo prieto!

ANDREA
¿Con quién las has, cristiano?

MADRIGAL
No, con naide.
¿No escucháis la bolina y la algazara
que suena dentro desta casa?

(Dice dentro un JUDÍO:)
JUDÍO
¡Ah perro!
¡El Dío te maldiga y te confunda!
¡[J]amás la libertad amada alcances!

ANDREA
Di:
¿por qué te maldicen estos tristes?

MADRIGAL
Entré sin que me viesen en su casa,
y en una gran cazuela que tenían
de un guisado que llaman boronía,
les eché de tocino un gran pedazo.

ANDREA
Pues ¿quién te lo dio a ti?

MADRIGAL
Ciertos jenízaros
mataron en el monte el otro día
un puerco jabalí, que le vendieron
a los cristianos de Mamud Arráez,
de los cuales compré de la papada
lo que está en la cazuela sepultado
para dar sepultura a estos malditos,
con quien tengo rencor y mal talante;
a quien el diablo pape, engulla y sorba.

(Pónese un JUDÍO a la ventana.)

JUDÍO
¡Mueras de hambre, bárbaro insolente;
el cuotidiano pan te niegue el Dío;
andes de puerta en puerta mendigando;
échente de la tierra como a gafo,
agraz de nuestros ojos, espantajo,
de nuestra sinagoga asombro y miedo,
de nuestras criaturas enemigo
el mayor que tenemos en el mundo!

MADRIGAL
¡Agáchate, judío!

JUDÍO
¡Ay, sin ventura,
que entrambas sienes me ha quebrado! ¡Ay triste!

ANDREA
Sí, que no le tiraste.

MADRIGAL
¡Ni por pienso!

ANDREA
Pues ¿de qué se lamenta el hideputa?

(Dice dentro otro JUDÍO:)

JUDÍO
Quítate, Zabulón, de la ventana,
que ese perro español es un demonio,
y te hará pedazos la cabeza
con sólo que te escupa y que te acierte.
¡Guayas, y qué comida que tenemos!
¡Guayas, y qué cazuela que se pierde!

MADRIGAL
¿Los plantos de Ramá volvéis al mundo,
canalla miserable? ¿Otra vez vuelves,
perro?

JUDÍO
¡Qué!, ¿aún no te has ido? ¿Por ventura
quieres atosigarnos el aliento?

MADRIGAL
¡Recógeme este prisco!

(Dicen dentro)

No aprovecha
decirte, Zabulón, que no te asomes?
Déjale ya en mal hora; éntrate, hijo.

ANDREA
¡Oh gente aniquilada! ¡Oh infame, oh sucia
raza, y a qué miseria os ha traído
vuestro vano esperar, vuestra locura
y vuestra incomparable pertinacia,
a quien llamáis firmeza y fee inmudable
contra toda verdad y buen discurso!
Ya parece que callan; ya en silencio
pasan su burla y hambre los mezquinos.
Español, ¿conocéisme?}}

MADRIGAL
Juraría
[q]ue en mi vida os he visto.

ANDREA
Soy Andrea,

la espía.

MADRIGAL
¿Vos, Andrea?

ANDREA
Sí, sin duda.

MADRIGAL
¿El que llevó a Castillo y Palomares,
mis camaradas?

ANDREA
Y el que llevó a Meléndez,
a Arguijo y Santisteban, todos juntos,
y en Nápoles los dejó a sus anchuras,
de la agradable libertad gozando.

MADRIGAL
¿Cómo me conocistes?

ANDREA
La memoria
tenéis dada a adobar, a lo que entiendo,
o reducida a voluntad no buena.
¿No os acordáis que os vi y hablé la noche
que recogí a los cinco, y vos quisistes
quedaros por no más de vuestro gusto,
poniendo por escusa que os tenía
amor rendida el alma, y que una alárabe,
con nuevo cautiverio y nuevas leyes,
os la tenía encadenada y presa?

MADRIGAL
Verdad; y aun todavía tengo el yugo
al cuello, todavía estoy cautivo,
todavía la fuerza poderosa
de amor tiene sujeto a mi albedrío.

ANDREA
Luego, ¿en balde será tratar yo agora
de que os vengáis conmigo?

MADRIGAL
En balde, cierto.

ANDREA
¡Desdichado de vos!

MADRIGAL
Quizá dichoso.

ANDREA
¿Cómo puede ser esto?

MADRIGAL
Son las leyes
del gusto poderosas sobremodo.

ANDREA
Una resolución gallarda puede
romperlas.

MADRIGAL
Yo lo creo; mas no es tiempo
de ponerme a los brazos con sus fuerzas.

ANDREA
¿No sois vos español?

MADRIGAL
¿Por qué? ¿Por esto?
Pues, por las once mil de malla juro,
y por el alto, dulce, omnipotente
deseo que se encierra bajo el hopo
de cuatro acomodados porcionistas,
que he de romper por montes de diamantes
y por dificultades indecibles,
y he de llevar mi libertad en peso
sobre los propios hombros de mi gusto,
y entrar triunfando en Nápoles la bella
con dos o tres galeras levantadas
por mi industria y valor, y Dios delante,
y dando a la Anunciada los dos bucos,
quedaré con el uno rico y próspero;
y no ponerme ahora a andar por trena,

cargado de temor y de miseria.

ANDREA
¡Español sois, sin duda!

MADRIGAL
Y soylo, y soylo,
lo he sido y lo seré mientras que viva,
y aun después de ser muerto ochenta siglos.

ANDREA
¿Habrá quien quiera libertad huyendo?

MADRIGAL
Cuatro bravos soldados os esperan,
y son gente de pluma y bien nacidos.

ANDREA
¿Son los que dijo Arguijo?

MADRIGAL
Aquellos mismos.

ANDREA
Yo los tengo escondidos y a recaudo.

MADRIGAL
¿Qué turba es ésta? ¿Qué ruïdo es éste?

ANDREA
Es el embajador de los persianos,
que viene a tratar paces con el Turco.
Haceos a aquesta parte mientras pasa.

(Entra un embajador,
vestido como los que andan aquí,
y acompáñanle jenízaros; va como TURCO.)

MADRIGAL
¡Bizarro va y gallardo por estremo!

ANDREA
Los más de los persianos son gallardos,

y muy grandes de cuerpo, y grandes hombres
de a caballo.

MADRIGAL
Y son, según se dice,
los caballos el nervio de sus fuerzas.
¡Plega a Dios que las paces no se hagan!
¿Queréis venir, Andrea?

ANDREA
Guía adonde
fuere más de tu gusto.

MADRIGAL
Al baño guío
del Uchalí.

ANDREA
Al de Morato guía,
que he de juntarme allí con otra espía.

(Éntranse.)
(Entra el GRAN TURCO, RUSTÁN y MAMÍ.)

TURCO
Flaca disculpa me das
de la traición que me has hecho,
mayor que se vio jamás.

RUSTÁN
Si bien estás en el hecho,
señor, no me culparás.
Cuando vino a mi poder,
no vino de parecer
que pudiese darte gusto,
y fue el reservarla justo
a más tomo y mejor ser;
muchos años, Gran Señor,
profundas melancolías
la tuvieron sin color.

TURCO
¿Quién la curó?

RUSTÁN
Sedequías,
el judío, tu doctor.

TURCO
Testigos muertos presentas
en tu causa; a fe que intentas
escaparte por buen modo.

RUSTÁN
Yo digo verdad en todo.

TURCO
Razón será que no mientas.

RUSTÁN
No ha tres días que el sereno
cielo de su rostro hermoso
mostró de hermosura lleno;
no ha tres días que un ansioso
dolor salió de su seno.
En efecto: no ha tres días
que de sus melancolías
está libre esta española,
que es en la belleza sola.

TURCO
Tú mientes o desvarías.

RUSTÁN
Ni miento ni desvarío.
Puedes hacer la experiencia
cuando gustes, señor mío.
Haz que venga a tu presencia:
verás su donaire y brío;
verás andar en el suelo,
con pies humanos, al cielo,
cifrado en su gentileza.

TURCO
De un temor otro se empieza,
de un recelo, otro recelo.

Mucho temo, mucho espero,
mucho puede la alabanza
en lengua de lisonjero;
mas la lisonja no alcanza
parte aquí. Rustán, yo quiero
ver esa cautiva luego;
¡ve por ella, y por el dios ciego,
que me tïene asombrado,
que a no ser cual la has pintado,
que te he de entregar al fuego!

(Éntrase RUSTÁN.)

MAMÍ
Si no está en más la ventura
de Rustán, que en ser hermosa
la cautiva, y de hermosura
rara, su suerte es dichosa;
libre está de desventura.
Desde ahora muy bien puedes
hacerle, señor, mercedes,
porque verás, de aquí a poco,
aquí todo el cielo.

TURCO
Loco,
a todo hipérbole excedes.
Deja, que es justo, a los ojos
algo que puedan hallar
en tan divinos despojos.

MAMÍ
¿Qué vista podrá mirar
de Apolo los rayos rojos
que no quede deslumbrada?

TURCO
Tanta alabanza me enfada.

MAMÍ
Remítome a la experiencia
que has de hacer con la presencia
désta, en mi lengua, agraviada.

(Entran RUSTÁN y la SULTANA.)
RUSTÁN
Háblale mansa y süave,
que importa, señora mía,
porque con todos no acabe.}}

SULTANA
Daré de la lengua mía
al santo cielo la llave;
arrojaréme a sus pies;
diré que su esclava es
la que tiene a gran ventura
besárselos.

RUSTÁN
Es cordura
que en ese artificio des.

SULTANA
Las rodillas en la tierra
y mis ojos en tus ojos,
te doy, señor, los despojos
que mi humilde ser encierra;
y si es soberbia el mirarte,
ya los abajo e inclino
por ir por aquel camino
que suele más agradarte.

TURCO —enfadado
¡Gente indiscreta, ignorante,
locos, sin duda, de atar,
a quien no se puede hallar,
en ser simples, semejante;
robadores de la fama
debida a tan gran sujeto;
mentirosos, en efecto,
que es la traición que os infama!
¡Por cierto que bien se emplea
cualquier castigo en vosotros!

MAMÍ
¡Desdichados de nosotros

30

si le ha parecido fea!

TURCO
¡Cuán a lo humano hablasteis
de una hermosura divina,
y esta beldad peregrina
cuán vulgarmente pintastes!
¿No fuera mejor ponella
al par de Alá en sus asientos,
hollando los elementos
y una y otra clara estrella,
dando leyes desde allá,
que con reverencia y celo
guardaremos los del suelo,
como Mahoma las da?

— es Alá para él ahora

MAMÍ
¿No te dije que era rosa
en el huerto a medio abrir?
¿Qué más pudiera decir
la lengua más ingeniosa?
¿No te la pinté discreta
cual nunca se vio jamás?
¿Pudiera decirte más
un mentiroso poeta?

RUSTÁN
Cielo te la hice yo,
con pies humanos, señor.

TURCO
A hacerla su Hacedor
acertaras.

RUSTÁN
Eso no:
que esos grandes atributos
cuadran solamente a Dios.

TURCO
En su alabanza los dos
anduvistes resolutos
y cortos en demasía,

por lo cual, sin replicar,
os he de hacer empalar
antes que pase este día.
Mayor pena merecías,
traidor Rustán, por ser cierto
que me has tenido encubierto
tan gran tesoro tres días.
Tres días has detenido
el curso de mi ventura;
tres días en mal segura
vida y penosa he vivido;
tres días me has defraudado
del mayor bien que se encierra
en el cerco de la tierra
y en cuanto vee el sol dorado.
Morirás, sin duda alguna,
hoy, en este mismo día:
que, a do comienza la mía,
ha de acabar tu fortuna.

SULTANA
Si ha hallado esta cautiva
alguna gracia ante ti,
vivan Rustán y Mamí.

TURCO
Rustán muera; Mamí viva.
Pero maldigo la lengua
que tal cosa pronunció;
vos pedís; no otorgo yo.
Recompensaré esta mengua
con haceros juramento,
por mi valor todo junto,
de no discrepar un punto
de hacer vuestro mandamiento.
No sólo viva Rustán;
pero, si vos lo queréis,
los cautivos soltaréis,
que en las mazmorras están;
porque a vuestra voluntad
tan sujeta está la mía,
como está a la luz del día
sujeta la escuridad.

SULTANA
No tengo capacidad
para tanto bien, señor.

TURCO
Sabe igualar el amor
el vos y la majestad.
De los reinos que poseo,
que casi infinitos son,
toda su juridición
rendida a la tuya veo;
ya mis grandes señoríos,
que grande señor me han hecho,
por justicia y por derecho,
son ya tuyos más que míos;
y, en pensar no te demandes
esto soy, aquello fui;
que, pues me mandas a mí,
no es mucho que al mundo mandes.
Que seas turca o seas cristiana,
a mí no me importa cosa;
esta belleza es mi esposa,
y es de hoy más la Gran Sultana.

SULTANA
Cristiana soy, y de suerte,
que de la fe que profeso
no me ha de mudar exceso
de promesas ni aun de muerte.
Y mira que no es cordura
que entre los tuyos se hable
de un caso que, por notable,
se ha de juzgar por locura.
¿Dónde, señor, se habrá visto
que asistan dos en un lecho,
que el uno tenga en el pecho
a Mahoma, el otro a Cristo?
Mal tus deseos se miden
con tu supremo valor,
pues no junta bien Amor
dos que las leyes dividen.
Allá te avén con tu alteza,

con tus ritos y tu secta,
que no es bien que se entremeta
con mi ley y mi bajeza.

TURCO
En estos discursos entro,
pues Amor me da licencia;
yo soy tu circunferencia,
y tú, señora, mi centro;
de mí a ti han de ser iguales
las cosas que se trataren,
sin que en otro punto paren
que las haga desiguales.
La majestad y el Amor
nunca bien se convinieron,
y en la igualdad le pusieron,
los que hablaron del mejor.
Deste modo se adereza
lo que tú ves despüés:
que, humillándome a tus pies,
te levanto a mi cabeza.
Iguales estamos ya.

SULTANA
Levanta, señor, levanta,
que tanta humildad espanta.

MAMÍ
Rindióse; vencido está.

SULTANA
Una merced te suplico,
y me la has de conceder.

TURCO
A cuanto quieras querer
obedezco y no replico.
Suelta, condena, rescata,
absuelve, quita, haz mercedes,
que esto y más, señora, puedes:
que Amor tu imperio dilata.
Pídeme los imposibles
que te ofreciere el deseo,

que, en fe de ser tuyo, creo
que los he de hacer posibles,
No vengas a contentarte
con pocas cosas, mi amor;
que haré, siendo pecador,
milagros por agradarte.

SULTANA
Sólo te pido tres días,
Gran Señor, para pensar...

TURCO
Tres días me han de acabar.

SULTANA
...en no sé qué dudas mías,
que escrupulosa me han hecho,
y, éstos cumplidos, vendrás,
y claramente verás
lo que tienes en mi pecho.

TURCO
Soy contento. Queda en paz,
guerra de mi pensamiento,
de mis placeres aumento,
de mis angustias solaz.
Vosotros, atribulados
y alegres en un instante,
llevaréis de aquí adelante
vuestros gajes seisdoblados.
Entra, Rustán; da las nuevas
a esas cautivas todas
de mis esperadas bodas.

MAMÍ
¡Gentil recado les llevas!

TURCO
Y como a cosa divina,
y esto también les dirás,
sirvan y adoren de hoy más
a mi hermosa Catalina.

(Éntranse el TURCO, MAMÍ y RUSTÁN,
y queda en el teatro sola la SULTANA.)

SULTANA   *Jesus*
¡A ti me vuelvo, Gran Señor, que alzaste,
a costa de tu sangre y de tu vida,
la mísera de Adán primer caída,
y, adonde él nos perdió, Tú nos cobraste.
A Ti, Pastor bendito, que buscaste
de las cien ovejuelas la perdida,
y, hallándola del lobo perseguida,
sobre tus hombros santos te la echaste;
a Ti me vuelvo en mi af[l]lición amarga,
y a Ti toca, Señor, el darme ayuda:
que soy cordera de tu aprisco ausente,
y temo que, a carrera corta o larga,   *esta intemizade*
cuando a mi daño tu favor no acuda,
me ha de alcanzar esta infernal serpiente!

FIN DE LA PRIMERA JORNADA

JORNADA II

Traen dos moros atado a MADRIGAL,
las manos atrás, y sale con ellos el GRAN CADÍ,
que es el juez obispo de los turcos.

MORO 1
Como te habemos contado,
por aviso que tuvimos,
en fragante le cogimos
cometiendo el gran pecado.
La alárabe queda presa,
y, como se vee con culpa
que carece de disculpa,
toda su maldad confiesa.

CADÍ
Dad con ellos en la mar,
de pies y manos atados,
y de peso acomodados,
que no los dejen nadar;
pero si moro se vuelve,

casaldos, y libres queden.

MADRIGAL
Hermanos, atarme pueden.

CADÍ
¿En qué el perro se resuelve:
en casarse, o en morir?

MADRIGAL
Todo es muerte, y todo es pena;
ninguna cosa hallo buena
en casarme ni en vivir.
Como la ley no dejara
en la cual pienso salvarme,
la vida, con el casarme,
aunque es muerte, dilatara;
pero casarme y ser moro
son dos muertes, de tal suerte,
que atado corro a la muerte
y suelto mi ley adoro.
Mas yo sé que desta vez
no he de morir, señor bueno.

CADÍ
¿Cómo, si yo te condeno,
y soy supremo jüez?
De las sentencias que doy
no hay apelación alguna.

MADRIGAL
Con todo, de mi fortuna,
aunque mala, alegre estoy.
La piedra tendré ya puesta
al cuello, y has de pensar
que no me pienso anegar;
y desto haré buena puesta.
Y, porque no estés suspenso,
haz salir estos dos fuera:
diréte de la manera
que ha de ser, según yo pienso.

CADÍ

Idos, y dejalde atado,
que quiero ver de la suerte
cómo escapa de la muerte,
a quien está condenado.

(Vanse los dos moros.)

MADRIGAL
Si de bien tendrás memoria,
porque no es posible menos,
de aquel sabio cuyo nombre
fue Apolonio Tianeo,
el cual, según que lo sabes,
o fuese favor del cielo,
o fuese ciencia adquirida
con el trabajo y el tiempo,
supo entender de las aves
el canto tan por estremo,
que en oyéndolas decía:
«Esto dicen». Y esto es cierto.
Ora cantase el canario,
ora trinase el jilguero,
ora gimiese la tórtola,
ora graznasen los cuervos,
desde el pardal malicioso
hasta el águila de imperio,
de sus cantos entendía
los escondidos secretos.
Éste fue, según es fama,
abuelo de mis abuelos,
a quien dejó de su gracia
por únicos herederos.
Uno la supo de todos
los que en aquel tiempo fueron,
y no la hereda más de uno
de sus más cercanos deudos.
De deudo a deudo ha venido,
con el valor de los tiempos,
a encerrarse esta ventura
en mi desdichado pecho.
A esta mañana, que iba
al pecado, porque vengo
a tener cercada el alma

de esperanzas y de miedos,
oí en casa de un judío
a un ruiseñor pequeñuelo,
que, con divina armonía,
aquesto estaba diciendo:
«¿Adónde vas, miserable?
Tuerce el paso, y hurta el cuerpo
a la ocasión que te llama
y lleva a tu fin postrero.
Cogeránte en el garlito,
ya cumplido tu deseo;
morirás, sin duda alguna,
si te falta este remedio.
Dile al jüez de tu causa
que han decretado los cielos
que muera de aquí a seis días
y baje al estigio reino;
pero que si hiciere emienda
de tres grandes desafueros
que a dos moros y una viuda
no ha muchos años que ha hecho;
y si hiciere la zalá,
lavando el cuerpo primero
con tal agua (y dijo el agua,
que yo decirte no quiero),
tendrá salud en el alma,
tendrá salud en el cuerpo,
y será del Gran Señor
favorecido en estremo».
Con esta gracia admirable,
otra más subida tengo:
que hago hablar a las bestias
dentro de muy poco tiempo.
Y aquel valiente elefante
del Gran Señor, yo me ofrezco
de hacerle hablar en diez años
distintamente turquesco;
y cuando desto faltare,
que me empalen, que en el fuego
me abrasen, que desmenucen
brizna a brizna estos mis miembros.

CADÍ

El agua me has de decir,
que importa.

MADRIGAL
Su tiempo espero,
porque ha de ser distilada
de ciertas yerbas y yezgos.
Tú no la conocerás;
yo sí, y al cielo sereno
se han de coger en tres noches.

(Desátale.)

CADÍ
En tu libertad te vuelvo.
Pero una cosa me tiene
confuso, amigo, y perplejo:
que no sé cuál viuda sea,
ni cuáles moros sean éstos
a quien he de hacer la enmienda:
que veo que son sin cuento
los moros de mí ofendidos,
y viudas pasan de ciento.

MADRIGAL
Iré a oír al ruiseñor
otra vez, y yo sé cierto
que él me dirá en su cántico
quién son los que no sabemos.

CADÍ
A estos moros les diré
la causa por que te suelto,
que será que al elefante
has de hacer hablar turquesco.
Pero dime: ¿acaso sabes
hablar turco?

MADRIGAL
¡Ni por pienso!

CADÍ
Pues ¿cómo de lo que ignoras

quieres mostrarte maestro?

MADRIGAL
Aprenderé cada día
lo que mostrarle pretendo,
pues habrá tiempo en diez años
de aprender el turco y griego.

CADÍ
Dices verdad. Mira, amigo,
que mi vida te encomiendo:
que será desto la paga
tu libertad, por lo menos.

MADRIGAL
¡Penitencia, gran cadí;
penitencia y buen deseo
de no hacer de aquí adelante
tantos tuertos a derechos!

CADÍ
No se te olviden las yerbas,
que es la importancia del hecho
memorable que me has dicho,
y sin duda alguna creo:
que ya sé que fue en el mundo
Apolonio Tianeo,
que entendía de las aves
el canto, y también entiendo
que hay arte que hace hablar
a los mudos.

MADRIGAL
¡Bueno es eso!
Al elefante os aguardo,
y las yerbas os espero.

(Éntranse.)
(Parece el GRAN TURCO detrás de unas cortinas de tafetán verde;
salen cuatro bajaes ancianos; siéntanse sobre alfombras y almohadas;
entra el EMBAJADOR DE PERSIA, y al entrar le echan encima una
ropa de brocado;
llévanle dos turcos de brazo, habiéndole mirado primero si trae armas

41

encubiertas;

llévanle a asentar en una almohada de terciopelo; descúbrese la cortina; parece el GRAN TURCO. (Mientras esto se hace puede[n] sonar chirimías).

Sentados todos, dice el EMBAJADOR:)

EMBAJADOR
Prospere Alá tu poderoso Estado,
señor universal casi del suelo;
sea por luengos siglos dilatado,
por suerte amiga y por querer del cielo.
La embajada de aquél que me ha enviado,
con preámbulos cortos, como suelo,
diré, si es que me das de hablar licencia;
que sin ella enmudezco en tu presencia.

BAJÁ 1
Di con la brevedad que has prometido,
que si es con la que sueles, será parte
a darte el Gran Señor atento oído,
puesto que le forzamos a escucharte.
Por muchas persuasiones ha venido
a darte audiencia y a respuesta darte;
que pocas veces oye al enemigo.
Di, pues; que ya eres largo.

EMBAJADOR
Pues ya digo.
Dice el Soldán, señor, que, si tú gustas
de paz, que él te la pide, y que se haga
con leyes tan honestas y tan justas,
que el tiempo o el rencor no las deshaga;
si a la suya, que es buena, tu alma ajustas,
dar el cielo a los dos será la paga.

BAJÁ 2
No aconsejes; propón, di tu emb[a]jada.

EMBAJADOR
Toda en pedir la paz está cifrada.

BAJÁ 1
Ese cabeza roja, ese maldito,

42

que de las ceremonias de Mahoma,
con depravado y bárbaro apetito,
unas cosas despide y otras toma,
bien debe de pensar que el infinito
poder, que al mundo espanta, estrecha y doma,
del Gran Señor, el cielo tal le tenga,
que hacer paces infames le convenga.
Su mendiguez sabemos y sus mañas,
por quien con él de nuevo me enemisto,
viendo que el grande rey de las Españas
muchos persianos en su Corte ha visto.
Éstas son de tu dueño las hazañas;
pedir favor a quien adora en Cristo;
y como ve que el ayudarle niega,
por paz cobarde en ruego humilde ruega.

EMBAJADOR
Aquella majestad que tiene al mundo
admirado y suspenso; el verdadero
retrato de Filipo, aquel Segundo,
que sólo pudo darse a sí tercero;
aquel cuyo valor alto y profundo
no es posible alabarle como quiero;
aquel, en fin, que el sol, en su camino,
mirando va sus reinos de contino;
llevado en vuelo de la buena fama
su nombre y su virtud a los oídos
del Soldán, mi señor, así le inflama
el deseo de verle los sentidos,
que a mí me insiste, solicita y llama
y manda que por pasos no entendidos,
por mares y por reinos diferentes,
vaya a ver al gran rey.

BAJÁ 1
¿Esto consientes?
Echadle fuera. Adulador, camina;
embajador cristiano. Echadle fuera;
que, de los que profesan su dotrina,
algún buen fruto por jamás se espera.
El cuerpo dobla; la cabeza inclina.
Echadle, digo.

BAJÁ 2
¿No es mejor que muera?

BAJÁ 1
Goce de embajador la preeminencia,
que es la que no ejecuta esa sentencia.

(Échanle a empujones al EMBAJADOR.)

No es mucho, Gran Señor, que me desmande
a alzar la voz, de cólera encendido:
que no ha sido pequeña, sino grande,
la desvergüenza deste fementido.
Vea tu majestad ahora, y mande
la respuesta que más fuere servido
que se le dé a este can.

TURCO
Comunicadme
y, cual el caso pide, aconsejadme.
Mirad bien si la paz es conveniente
y honrosa.

BAJÁ 2
A lo que yo descubro y veo,
que sosegar las armas del Oriente,
no te puede pedir más el deseo,
con tanto que el persiano no alce frente
contra ti. Triste historia es la que leo;
que a nosotros la Persia así nos daña,
que es lo mismo que Flandes para España.
Conviene hacer la paz, por las razones
que en este pergamino van escritas.

TURCO
Presto a la paz ociosa te dispones;
presto el regalo blando solicitas.
Tú, Braín valeroso, ¿no te opones
a Mustafá? ¿Por dicha, solicitas
también la paz?

BAJÁ 1
La guerra facilito,

y daré las razones por escrito.

TURCO
Veréla y veré lo que contiene,
y de mi parecer os daré parte.

BAJÁ 1
Alá, que el mundo entre los dedos tiene,
te entregue dél la rica y mayor parte.

BAJÁ 2
Mahoma así la paz dichosa ordene,
que se oiga el son del belicoso Marte,
no en Persia, sino en Roma, y tus galeras
corran del mar de España las riberas.

(Éntranse.)

(Sale la SULTANA y RUSTÁN.)
RUSTÁN
Como de su alhaja, puede
gozar de ti a su contento.

SULTANA
La viva fe de mi intento
a toda su fuerza excede:
resuelta estoy de morir,
primero que darle gusto.

RUSTÁN
Contra intento que es tan justo
no tengo qué te decir;
pero mira que una fuerza
tal puede mucho, señora;
y mira bien que a ser mora
no te induce ni te fuerza.

SULTANA
¿No es grandísimo pecado
el juntarme a un infiel?

RUSTÁN
Si pudieras huir dél,

te lo hubiera aconsejado;
mas cuando la fuerza va
contra razón y derecho,
no está el pecado en el hecho,
si en la voluntad no está;
condénanos la intención
o nos salva en cuanto hacemos.

SULTANA
Eso es andar por estremos.

RUSTÁN
Sí; mas puestos en razón:
que el alma no es bien peligre
cuando por fuerza de brazos
echan a su cuerpo lazos
que rendirán a una tigre.
Desta verdad se recibe
la que no habrá quien la tuerza:
que peca el que hace la fuerza,
pero no quien la recibe.

SULTANA
Mártir seré si consiento
antes morir que pecar.

RUSTÁN Ser mártir se ha de causar
por más alto fundamento,
que es por el perder la vida
por confesión de la fe.

SULTANA
Esa ocasión tomaré.

RUSTÁN
¿Quién a ella te convida?
Sultán te quiere cristiana,
y a fuerza, si no de grado,
sin darle muerte al ganado
podrá gozar de la lana.
Muchos santos desearon
ser mártires, y pusieron
los medios que convinieron

para serlo, y no bastaron:
que al ser mártir se requiere
virtud sobresingular,
y es merced particular
que Dios hace a quien Él quiere.

SULTANA
Al cielo le pediré,
ya que no merezco tanto,
que a mi propósito santo
de su firmeza le dé;
haré lo que fuere en mí,
y en silencio, en mis recelos,
daré voces a los cielos.

RUSTÁN
Calla, que viene Mamí.

(Entra MAMÍ.)

MAMÍ
El Gran Señor viene a verte.

SULTANA
¡Vista para mí mortal!

MAMÍ
Hablas, señora, muy mal.

SULTANA
Siempre hablaré desta suerte;
y no quieras tú mostrarte
prudente en aconsejarme.

MAMÍ
Sé que vendrás a mandarme,
y no es bien descontentarte.

(Entra el GRAN TURCO.)

TURCO
¡Catalina!

SULTANA
Ése es mi nombre.

TURCO
Catalina la Otomana
te llamarán.

SULTANA
Soy cristiana,
y no admito el sobrenombre,
porque es el mío de Oviedo,
hidalgo, ilustre y cristiano.

TURCO
No es humilde el otomano.

SULTANA
Esa verdad te concedo:
que en altivo y arrogante
ninguno igualarte puede.

TURCO
Pues el tuyo al mío excede
y en todo le va adelante,
pues que desprecias por él
al mayor que el suelo tiene.

SULTANA
Sé yo que en él se contiene
lo que es de estimar en él,
que es el darme a conocer
por cristiana si me nombran.

TURCO
Tus libertades me asombran,
que son más que de mujer;
pero bien puedes tenellas
con quien solamente puede
aquello que le concede
el valor que vive en ellas.
Dél conozco que te estimas
en todo aquello que vales,
y con arrogancias tales

me alegras y me lastimas.
Muéstrate más soberana,
haz que te tenga respeto
el mundo, porque, en efeto,
has de ser la Gran Sultana.
Y doyte la preeminencia
desde luego: ya lo eres.

SULTANA
¿Dar a una tu esclava quieres
de tu esposa la excelencia?
Míralo bien, porque temo
que has de arrepentirte presto.

TURCO
Ya lo he mirado, y en esto
no hago ningún estremo,
si ya no fuese el de hacer
que con la sangre otomana
mezcle la tuya cristiana
para darle mayor ser.
Si el fruto que de ti espero
llega a colmo, verá el mundo
que no ha de tener segundo
el que me dieres primero.
No habrá descubierto el sol,
en cuanto ciñe y rodea,
no, quien pase, que igual sea
a un otomano español.
Mira a lo que te dispones,
que ya mi alma adivina
que has de parir, Catalina,
hermosísimos leones.

SULTANA
Antes tomara engendrar
águilas.

TURCO
A tu fortuna
no hay dificultad alguna
que la pueda contrastar.
En la cumbre de la rueda

estás, y, aunque varïable,
contigo ha de ser estable,
estando en tu gloria queda.
Daréte la posesión

de mi alma aquesta tarde,
y la de mi cuerpo, que arde
en llamas de tu afición;
afición, de amor interno,
que, con poderoso brío,
de mi alma y mi albedrío
tiene el mando y el gobierno.

SULTANA
He de ser cristiana.

TURCO
Sélo;
que a tu cuerpo, por agora,
es el que mi alma adora
como si fuese su cielo.
¿Tengo yo a cargo tu alma,
o soy Dios para inclinalla,
o ya de hecho llevalla
donde alcance eterna palma?
Vive tú a tu parecer,
como no vivas sin mí.

RUSTÁN
¿Qué te parece, Mamí?

MAMÍ
¡Mucho puede una mujer!

SULTANA
No me has de quitar, señor,
que con cristianos no trate.

MAMÍ
Éste es grande disparate,
y el concederle, mayor.

TURCO
Tal te veo y tal me veo,

que con grave imperio y firme
puedes, Sultana, pedirme
cuanto te pida el deseo.
De mi voluntad te he dado
entera juridición;
tus deseos míos son:
mira si estoy obligado
a cumplillos.

MAMÍ
Caso grave,
y entre turcos jamás visto,
andar por aquí tu Cristo,
Rustán.

RUSTÁN
Él mismo lo sabe.
Él suele, Mamí, sacar
de mucho mal mucho bien.

TURCO
Tus aranceles me den
el modo que he de guardar
para no salir un punto
de tu gusto; que el sabelle
y el entendelle y hacelle
estará en mi alma junto.
Saca de aquesta humildad,
bellísima Catalina,
que se guía y se encamina
a rendir su voluntad.
No quiero gustos por fuerza
de gran poder conquistados:
que nunca son bien logrados
los que se toman por fuerza.
Como a mi esclava, en un punto
pudiera gozarte agora;
mas quiero hacerte señora,
por subir el bien de punto;
y, aunque del cercado ajeno
es la fruta más sabrosa
que del propio, ¡estraña cosa!,
por la que es tan mía peno.

Entre las manos la tengo,
y entre la boca y las manos
desparece. ¡Oh, miedos vanos,
y a cuántas bajezas vengo!
Puedo cumplir mi des[e]o
y estoy en comedimientos.

RUSTÁN
Humilla tus pensamientos,
porque muy airado veo
al Gran Señor; no fabriques
tu tristeza en su pesar,
y a quien ya puedes mandar,
no será bien que supliques.

SULTANA
Dio el temor con mi buen celo
en tierra. ¡Oh pequeña edad!
¡Con cuánta facilidad
te rinde cualquier recelo!
Gran Señor, veisme aquí; postro
las rodillas ante ti;
tu esclava soy.

TURCO
¿Cómo así?
Alza, señora, ese rostro,
y en esos sus soles dos,
que tanto le hermosean,
harás que mis ojos vean
el grande poder de Dios,
o de la naturaleza,
a quien Alá dio poder
para que pudiese hacer
milagros en su belleza.

SULTANA
Advierte que soy cristiana,
y que lo he de ser contino.

MAMÍ
¡Caso estraño y peregrino:
cristiana una Gran Sultana!

TURCO
Puedes dar leyes al mundo,
y guardar la que quisieres:
no eres mía, tuya eres,
y a tu valor sin segundo
se le debe adoración,
no sólo humano respeto;
y así, de guardar prometo
las sombras de tu intención.
Mamí, tráeme, ¡así tú vivas!,
a que den en mi presencia
a Sultana la obediencia
del serrallo las cautivas.

(Éntrase MAMÍ.)

Reveréncienla, no sólo
los que obediencia me dan,
sino las gentes que están
desde éste al contrario polo.

SULTANA
¡Mira, señor, que ya pasan   *me estas asustando*
tus deseos de lo justo!

TURCO
Las cosas que me dan gusto
no se miden ni se tasan;
todas llegan al estremo
mayor que pueden llegar,
y para las alcanzar
siempre espero, nunca temo.

(Vuelve MAMÍ, y con él CLARA,
llamada ZAIDA, y ZELINDA,
que es LAMBERTO, el que busca ROBERTO.)
MAMÍ
Todas vienen.

TURCO
Éstas dos
den la obediencia por todas.

ZAIDA
Hagan dichosas tus bodas
las bendiciones de Dios;
fecundo tu seno sea,
y, con parto sazonado,
del Gran Señor el Estado
con mayorazgo se vea;
logres la intención que tienes,
que ya de Rustán la sé,
y en varios modos te dé
el mundo mil parabienes.

ZELINDA
Hermosísima española,
corona de su nación,
única en la discreción,
y en buenos intentos sola;
traiga a colmo tu deseo
el Cielo, que le conoce,
y en estas bodas se goce
el dulce y santo Himeneo;
por tu parecer se rija
el imperio que posees;
ninguna cosa desees
que el no alcanzalla te aflija;
de ensalzarte es cosa llana
que Mahoma el cargo toma.

TURCO
No le nombréis a Mahoma,
que la Sultana es cristiana.
Doña Catalina es
su nombre, y el sobrenombre
de Oviedo, para mí, nombre
de riquísimo interés;
porque, a tenerle de mora,
nunca a mi poder llegara,
ni del tesoro gozara
que en su hermosura mora.
Ya como a cosa divina,
sin que lo encubra el silencio,
el gran nombre reverencio

de mi hermosa Catalina.
Para celebrar las bodas,
que han de dar asombro al suelo,
déme de su gloria el cielo
y acudan mis gentes todas;
concédame el mar profundo,
de sus senos temerosos,
los pescados más sabrosos;
sus riquezas me dé el mundo;
denme la tierra y el viento
aves y caza, de modo
que esté en cada una el todo
del más gustoso alimento.

SULTANA
Mira, señor, que me agravia
el bien que de mí pregonas.

TURCO
Denme para tus coronas
perlas el Sur, oro Arabia,
púrpura Tiro y olores
la Sabea, y, finalmente,
denme para ornar tu frente
abril y mayo sus flores;
y si os parece que el modo
de pedir ha dado indicio
de tener poco juïcio,
venid y veréislo todo.

(Éntranse todos, si no es ZAIDA y ZELINDA.)

ZELINDA
¡Oh Clara! ¡Cuán turbias van
nuestras cosas! ¿Qué haremos?
Que ya están en los estremos
del más sin remedio afán.
¿Yo varón, y en el serrallo
del Gran Turco? No imagino
traza, remedio o camino
a este mal.

ZAIDA

Ni yo le hallo.
¡Grande fue tu atrevimiento!

ZELINDA
Llegó do llegó el Amor,
que no repara en temor
cuando mira a su contento.
Entre una y otra muerte,
por entre puntas de espadas
contra mí desenvainadas,
entrara, mi bien, a verte.
Ya te he visto y te he gozado,
y a este bien no llega el mal
que suceda, aunque mortal.

ZAIDA
Hablas como enamorado:
todo eres brío, eres todo
valor y todo esperanza;
pero nuestro mal no alcanza
remedio por ningún modo:
que desta triste morada,
por nuestro mal conocida,
es la muerte la salida
y desventura la entrada.
De aquí no hay pensar huir
a más seguro lugar:
que sólo se ha de escapar
con las alas del morir.
Ningún cohecho es bastante
que a las guardas enternezca,
ni remedio que se ofrezca
que el morir no esté delante.
¿Yo preñada, y tú varón,
y en este serrallo? Mira
adónde pone la mira
nuestra cierta perdición.

ZELINDA
¡Alto! Pues se ha de acabar Z
en muerte nuestra fortuna,
no esperar salida alguna
es lo que se ha de esperar;

pero estad, Clara, advertida
que hemos de morir de suerte
que nos granjee la muerte
nueva y perdurable vida.
Quiero decir que muramos
cristianos en todo caso.

ZAIDA
De la vida no hago caso,
como a tal muerte corramos.

(Éntranse.)
(Sale MADRIGAL, el maestro del elefante,
con una trompetilla de hoja de lata,
y sale con él ANDREA, la espía.)

ANDREA
¡Bien te dije, Madrigal,
que la alárabe algún día
a la muerte te traería!

MADRIGAL
Más bien me hizo que mal.

ANDREA
Maestro de un elefante
te hizo.

MADRIGAL
¿Ya es barro, Andrea?
Podrá ser que no se vea
jamás caso semejante.

ANDREA
Al cabo, ¿no has de morir
cuando caigan en el caso
de la burla?

MADRIGAL
No hace al caso.
Déjame agora vivir,
que, en término de diez años,
o morirá el elefante,

o yo, o el Turco, bastante
causa a reparar mi[s] daño[s].
¿No fuera peor dejarme
arrojar en un costal,
por lo menos en la mar,
donde pudiera ahogarme,
sin que pudiera valerme
de ser grande nadador?
¿No estoy agora mejor?
¿No podéis vos socorrerme
agora con más provecho
vuestro y mío?

ANDREA
Así es verdad.

MADRIGAL
Andrea, considerad
que este hecho es un gran hecho,
y aun salir con él entiendo
cuando menos os pensáis.

ANDREA
Gracias, Madrigal, tenéis,
que al diablo las encomiendo.
¿El elefante ha de hablar

MADRIGAL
No quedará por maestro;
y él es animal tan diestro,
que me hace imaginar
que tiene algún no sé qué
de discurso racional.

ANDREA
Vos sí sois el animal
sin razón, como se ve,
pues en disparates dais
en que no da quien la tiene.

MADRIGAL
Darlo a entender me conviene
así al Cadí.

ANDREA
Bien andáis;
pero no os cortéis conmigo
las uñas, que no es razón.

MADRIGAL
Es mi propria condición
burlarme del más amigo.

ANDREA
¿Esa trompeta es de plata?

MADRIGAL
De plata la pedí yo;
mas dijo quien me la dio
que bastaba ser de lata.
Al elefante con ella
he de hablar en el oído.

ANDREA
¡Trabajo y tiempo perdido!

MADRIGAL
¡Traza ilustre y burla bella!
Cien ásperos cada día
me dan por acostamiento.

ANDREA
¿Dos escudos? ¡Gentil cuento!
¡Buena va la burlería!

MADRIGAL
El cadí es éste. A más ver,
que me convïene hablalle.

ANDREA
¿Querrás de nuevo engañalle?

MADRIGAL
Podrá ser que pueda ser.

(Vase ANDREA, y entra el CADÍ.)

CADÍ
Español, ¿has comenzado
a enseñar al elefante?

MADRIGAL
Sí; y está muy adelante:
cuatro liciones le he dado.

CADÍ
¿En qué lengua?

MADRIGAL
En vizcaína,
que es lengua que se averigua
que lleva el lauro de antigua
a la etiopía y abisina.

CADÍ
Paréceme lengua estraña.
¿Dónde se usa?

MADRIGAL
En Vizcaya.

CADÍ
¿Y es Vizcaya...?

MADRIGAL
Allá en la raya
de Navarra, junto a España.

CADÍ
Esta lengua de valor
por su antigüedad es sola;
enséñale la española,
que la entendemos mejor.

MADRIGAL
De aquéllas que son más graves,
le diré las que supiere,
y él tome la que quisiere.

CADÍ

¿Y cuáles son las que sabes?

MADRIGAL
La jerigonza de ciegos,
la bergamasca de Italia,
la gascona de la Galia
y la antigua de los griegos;
con letras como de estampa
una materia le haré,
adonde a entender le dé
la famosa de la hampa;
y si de aquéstas le pesa,
porque son algo escabrosas,
mostraréle las melosas
valenciana y portuguesa.

CADÍ
A gran peligro se arrisca
tu vida si el elefante
no sale grande estudiante
en la turquesca o morisca
o en la española, a lo menos.

MADRIGAL
En todas saldrá perito,
si le place al infinito
sustentador de los buenos,
y aun de los malos, pues hace
que a todos alumbre el sol.

CADÍ
Hazme un placer, español.

MADRIGAL
Por cierto que a mí me place.
Declara tu voluntad,
que luego será cumplida.

CADÍ
Será el mayor que en mi vida
pueda hacerme tu amistad.
Dime: ¿qué iban hablando,
con acento bronco y triste,

aquellos cuervos que hoy viste
ir por el aire volando?
Que por entonces no pude
preguntártelo.

MADRIGAL
Sabrás
(y de aquesto que me oirás
no es bien que tu ingenio dude),
sabrás, digo, que trataban
que al campo de Alcudia irían,
lugar donde hartar podían
la gran hambre que llevaban:
que nunca falta res muerta
en aquellos campos anchos,
donde podrían sus panchos
de su hartura hallar la puerta.

CADÍ
Y esos campos, ¿dónde están?

MADRIGAL
En España.

CADÍ
¡Gran viaje!

MADRIGAL
Son los cuervos de volaje
tan ligeros, que se van
dos mil leguas en un tris:
que vuelan con tal instancia,
que hoy amanecen en Francia,
y anochecen en París.}}

CADÍ
Dime: ¿qué estaba diciendo
aquel colorín ayer?

MADRIGAL
Nunca le pude entender;
es húngaro: no le entiendo.

CADÍ
Y aquella calandria bella,
¿supiste lo que decía?

MADRIGAL
Una cierta niñería
que no te importa sabella.

CADÍ
Yo sé que me lo dirás.

MADRIGAL
Ella dijo, en conclusión,
que andabas tras un garzón,
y aun otras cosillas más.

CADÍ
Pues, ¡válgala Lucifer!,
¿a qué se mete conmigo?

MADRIGAL
Si hay algo de lo que digo,
verás que la sé entender.

CADÍ
No va muy descaminada;
pero no ha llegado el juego
a que me abrase en tal fuego.
No digas a nadie nada,
que el crédito quedaría
granjeado a buenas noches.

MADRIGAL
Para hablar en tus reproches,
es muda la lengua mía.
Bien puedes a sueño suelto
dormir en mi confianza,
pues de hablar en tu alabanza
para siempre estoy resuelto.
Puesto que los tordos sean
de tu ruindad pregoneros,
y la digan los silgueros
que en los pimpollos gorjean;

ora los asnos roznando
digan tus males protervos,
ora graznando los cuervos,
o los canarios cantando:
que, pues yo soy aquel solo
que los entiende, seré
aquel que los callaré
desde el uno al otro polo.

CADÍ
¿No habrá pájaro que cante
alguna virtud de mí?

MADRIGAL
Respetaránte, ¡oh cadí!,
si puedo, de aquí adelante:
que, apenas veré en sus labios
dar indicios de tus menguas,
cuando les corte las lenguas,
en pena de tus agravios.
(Entra RUSTÁN, el eunuco,
y tras él un CAUTIVO anciano,
que se pone a escuchar lo que hablan.)

CADÍ
Buen Rustán, ¿adónde vais?

RUSTÁN
A buscar un tarasí _sastre en persa_
español.

MADRIGAL
¿No es sastre?

RUSTÁN
Sí.

MADRIGAL
Sin duda que me buscáis,
pues soy sastre y español,
y de tan grande tijera
que no la tiene en su esfera
el gran tarasí del sol.

¿Qué hemos de cortar?

RUSTÁN
Vestidos
ricos para la Sultana,
que se viste a la cristiana.

CADÍ
¿Dónde tenéis los sentidos?
Rustán, ¿qué es lo que decís?
¿Ya hay Sultana, y que se viste
a la cristiana?

RUSTÁN
No es chiste;
verdades son las que oís.
Doña Catalina ha nombre
con sobrenombre de Oviedo.

CADÍ
Vos diréis algún enredo
con que me enoje y asombre.

RUSTÁN
Con una hermosa cautiva
se ha casado el Gran Señor,
y consiéntele su amor
que en su ley cristiana viva,
y que se vista y se trate
como cristiana, a su gusto.

CRISTIANO
¡Cielo pïadoso y justo!

CADÍ
¿Hay tan grande disparate?
Moriré si no voy luego
a reñirle.

escandalizado a la
idea que se casó con una cristiana

(Vase el CADÍ.)
RUSTÁN
En vano irás,
pues del amor [le] hallarás

del todo encendido en fuego.
Venid conmigo, y mirad
que seáis buen sastre.

MADRIGAL
Señor,
yo sé que no le hay mejor
en toda esta gran ciudad,
cautivo ni renegado;
y, para prueba de aquesto,
séaos, señor, manifiesto
que yo soy aquel nombrado
maestro del elefante;
y quien ha de hacer hablar
a una bestia, en el cortar
de vestir será elegante.

RUSTÁN
Digo que tenéis razón;
pero si otra no me dais,
desde aquí conmigo estáis
en contraria posesión.
Mas, con todo, os llevaré.
Venid.

CRISTIANO
Señor, a esta parte,
si quieres, quiero hablarte.

RUSTÁN
Decid, que os escucharé.

CRISTIANO
Para mí es averiguada
cosa, por más de un indicio,
que éste sabe del oficio
de sastre muy poco o nada.
Yo soy sastre de la Corte,
y de España, por lo menos,
y en ella de los más buenos,
de mejor medida y corte;
soy, en fin, de damas sastre,
y he venido al cautiverio

quizá no sin gran misterio,
y sin quizá, por desastre.
Llevadme: veréis quizá
maravillas.

RUSTÁN
Está bien.
Venid vos, y vos también;
quizá alguno acertará.

MADRIGAL
Amigo, ¿sois sastre? *tailor*

CRISTIANO
Sí.

MADRIGAL
Pues yo a Judas me encomiendo
si sé coser un remiendo.

CRISTIANO
¡Ved qué gentil tarasí!
Aunque pienso, con mi maña,
antes que a fuerza de brazos,
de sacar de aquí retazos
que puedan llevarme a España.

(Éntranse todos.)
(Entra la SULTANA con un rosario en la mano,
y el GRAN TURCO tras ella, escuchándola.)

SULTANA
¡Virgen, que el sol más bella;
Madre de Dios, que es toda tu alaban[za];
del mar del mundo estrella,
por quien el alma alcanza
a ver de sus borrascas la bonanza!
En mi aflicción te invoco;
advierte, ¡oh gran Señora!, que me anego,
pues ya en las sirtes toco
del desvalido y ciego
temor, a quien el alma ansiosa entrego.
La voluntad, que es mía

y la puedo guardar, ésa os ofrezco,
Santísima María;
mirad que desfallezco;
dadme, Señora, el bien que no merezco.
¡Oh Gran Señor! ¿Aquí vienes?

TURCO
Reza, reza, Catalina,
que sin la ayuda divina
duran poco humanos bienes;
y llama, que no me espanta,
antes me parece bien,
a tu Lela Mariën,
que entre nosotros es santa.

SULTANA
No hay generación alguna
que no te bendiga, ¡oh Esposa
de tu Hijo!, ¡oh tan hermosa
que es fea ante ti la luna!

TURCO
Bien la pu[e]des alabar,
que nosotros la alabamos,
y de ser Virgen la damos
la palma en primer lugar.

(Entra RUSTÁN, MADRIGAL
y el viejo CAUTIVO y MAMÍ.)

RUSTÁN
Éstos son los tarasíes.

MADRIGAL
Yo, señor, soy el que sabe
cuanto en el oficio cabe;
los demás son baladíes.

SULTANA
Vestiréisme a la española.

MADRIGAL
Eso haré de muy buen grado,

como se le dé recado
bastante a la chirinola.

SULTANA
¿Qué es chirinola?

[handwritten: Ella nunca vivió en españa]

MADRIGAL
Un vestido
trazado por tal compás
que tan lindo por jamás
ninguna reina ha vestido;
trecientas varas de tela
de oro y plata entran en él.

SULTANA
Pues, ¿quién podrá andar con él,
que no se agobie y se muela?

MADRIGAL
Ha de ser, señora mía,
la falda postiza.

CRISTIANO
¡Bueno!
Éste está de seso ajeno,
o se burla, o desvaría.
Amigo, muy mal te burlas,
y sabe, si no lo sabes,
que con personas tan graves
nunca salen bien las burlas.
Yo os haré al modo de España
un vestido tal que os cuadre.

SULTANA
Éste, sin duda, es mi padre,
si no es que la voz me engaña.
Tomadme vos la medida,
buen hombre.

CRISTIANO
¡Fuera acertado
que se la hubieran tomado
ya los cielos a tu vida!

[handwritten: martirismo   antes morir que pecar]

SULTANA
Sin duda, es él. ¿Qué haré?
¡Puesta estoy en confusión!

TURCO
Libertad por galardón,
y gran riqueza os daré.
Vestídmela a la española,
con vestidos tan hermosos
que admiren por lo costosos,
como ella admira por sola;
gastad las perlas de Oriente
y los diamantes indianos,
que hoy os colmaré las manos
y el deseo fácilmente.
Véase mi Catalina
con el adorno que quiere,
puesto que en el que trujere
la tendré yo por divina.
Es ídolo de mis ojos,
y, en el proprio o estranjero
adorno, adorarla quiero,
y entregarle mis despojos.

CRISTIANO
Venid acá, buena alhaja;
tomaros he la medida,
que fuera más bien medida
a ser de vuestra mortaja.

MADRIGAL
Por la cintura comienza,
así es sastre como yo.

TURCO
Cristiano amigo, eso no,
que algo toca en desvergüenza;
tanteadla desde fuera,
y no lleguéis a tocalla.

CRISTIANO
¿Adónde, señor, se halla

sastre que desa manera
haga su oficio? ¿No ves
que en el corte erraría
si no llevase por guía
la medida?

TURCO
Ello así es;
mas, a poder escusarse,
tendríalo por mejor.

CRISTIANO
De mis abrazos, señor,
no hay para qué recelarte,
que como de padre puede
recebirlos la Sultana.

SULTANA
Ya mi sospecha está llana;
ya el miedo que tengo excede
a todos los de hasta aquí.

TURCO
Llegad, y haced vuestro oficio.

SULTANA
No des, ¡oh buen padre!, indicio
de ser sino tarasí.

(Estándole tomando la medida, dice el padre:)
CRISTIANO
¡Pluguiera a Dios que estos lazos
que tus aseos preparan
fueran los que te llevaran
a la fuesa entre mis brazos!
¡Pluguiera a Dios que en tu tierra
en humildad y bajeza
se cambiara la grandeza
que esta majestad encierra,
y que estos ricos adornos
en burieles se trocaran,
y en España se gozaran
detrás de redes y tornos!

SULTANA
¡No más, padre, que no puedo
sufrir la reprehensión;
que me falta el corazón
y me desmayo de miedo!

(Desmáyase la SULTANA.)

TURCO
¿Qué es esto? ¿Qué desconcierto
es éste? ¿Qué desespero?
Di, encantador, embustero:
¿hasla hechizado?, ¿hasla muerto?
Basilisco, di: ¿qué has hecho?
Espíritu malo, habla.

CRISTIANO
Ella volverá a su habla.
Haz que la aflojen el pecho,
báñenle con agua el rostro,
y verás cómo en sí vuelve.

TURCO
¡La vida se le resuelve!
¡Empalad luego a ese monstro!
¡Empalad aquél también!
¡Quitádmelos de delante!

MADRIGAL
¡Primero que el elefante
vengo a morir!

MAMÍ
¡Perro, ven!

CRISTIANO
Yo soy el padre, sin duda,
de la Sultana, que vive.

MAMÍ
De mentiras se apercibe
el que la verdad no ayuda.

Venid, venid, embusteros,
españoles y arrogantes.

MADRIGAL
¡Oh flor de los elefantes!,
hoy hago estanco en el veros.

(Llevan MAMÍ y RUSTÁN por fuerza
al PADRE de la SULTANA y a MADRIGAL;
queda en el teatro el GRAN TURCO
y la SULTANA, desmayada.)
TURCO
¡Sobre mis hombros vendrás,
cielo deste pobre Atlante,
en males sin semejante,
si vos en vos no volvéis!
(Llévala.)

la escena de su secuestro se repite... un turco la levanta y se la lleva

JORNADA III

Salen RUSTÁN y MAMÍ.

MAMÍ
A no volver tan presto
del grave parasismo,
la Sultana quedara
sin padre, y sin maestro el elefante.
Volvió, y a voces dijo:
«¿Qué es de mi padre? ¡Ay triste!
¿Adónde está mi padre?»,
buscándole por todo con la vista.
Sin esperar respuestas
de preguntas tardías,
el gran señor mandóme
que acudiese a quitar del palo o fuego
a los dos tarasíes,
certísimo adivino
que el más anciano era
de su querida prenda el padre amado.
Corrí, llegué, y hallélos
a tiempo que ya estaba
aguzando el verdugo
las puntas de los palos del suplicio.

El español maestro,
apenas se vio libre,
cuando, dando dos brincos,
dijo: «¡Gracias a Dios y a mi dicípulo!»;
creyendo, a lo que creo,
que le daban la vida
porque él el habla diese
que tiene prometida al elefante.
Al padre anciano truje
ante la Gran Sultana,
que con abrazos tiernos
le recibió, besándole mil veces.
Allí se dieron cuenta,
aunque en razones cortas,
de mil sucesos varios
al padre y a la hija acontecidos.
Finalmente, mandóme
el Gran Señor que hiciese
cómo en la judería
se alojase su suegro.
Ordena que le sirvan
a la cristiana usanza,
con pompa y aparato
que dé fe de su amor y su grandeza.

RUSTÁN
¡Estraño caso es éste!
Ámala tiernamente;
su voluntad se rige
por la de la cristiana.
Al gran cadí no quiso
escuchar, sospechoso
que con reprehensiones
pesadas sus intentos afearía.
Quiere de aquí a dos días
con ella y sus cautivas
holgarse en el serrallo
con bailes y con danzas cristianiscas.
Músicos he buscado,
cautivos y españoles,
que alegres solenicen
la fiesta, en el serrallo jamás vista.
¿Haré que vayan limpios

y vestidos de nuevo?

MAMÍ
Sí, pero como esclavos.

RUSTÁN
A dar lugar el tiempo, mejor fuera
que fueran como libres,
con plumas y con galas,
representando al vivo
los saraos que en España se acostumbran.

MAMÍ
No te metas en eso,
pues ves que no es posible.

RUSTÁN
Ya la Sultana tiene
un vestido español.

MAMÍ
¿Y quién le hizo?

[RUSTÁN]
Un judío le trujo
de Argel, a do llegaron
dos galeras de corso,
colmas de barcas, fuertes de despojos,
y allí compró el judío
el vestido que he dicho.

MAMÍ
Será indecencia grande
vestirse una sultana ropa ajena.

RUSTÁN
Tiene tanto deseo
de verse sin el traje
turquesco, que imagino
que de jerga y sayal se vestiría,
como el vestido fuese
cortado a lo cristiano.

MAMÍ
A mí, mas que se vista
de hojas de palmitos o lampazos.

RUSTÁN
Mamí, vete en buen hora,
porque he de hacer mil cosas.

MAMÍ
Y yo dos mil y tantas
en el servicio del señor Oviedo.

(Éntranse.)

(Salen la SULTANA y su PADRE, vestido de negro.)
PADRE
Hija, por más que me arguyas,
no puedo darme a entender
sino que has venido a ser
lo que eres por culpas tuyas;
quiero decir, por tu gusto;
que, a tenerle más cristiano,
no gozara este tirano
de gusto que es tan injusto.
¿Qué señales de cordeles
descubren tus pies y brazos?
¿Qué ataduras o qué lazos
fueron para ti crüeles?
De tu propia voluntad
te has rendido, convencida
desta licenciosa vida,
desta pompa y majestad.

SULTANA
Si yo de consentimiento
pacífico he convenido
con el deste descreído,
ministro de mi tormento,
todo el Cielo me destruya,
y, atenta a mi perdición,
se me vuelva en maldición,
padre, la bendición tuya.
Mil veces determiné

antes morir que agradalle;
mil veces, para enojalle,
sus halagos desprecié;
pero todo mi desprecio,
mis desdenes y arrogancia
fueron medio y circustancia
para tenerme en más precio.
Con mi celo le encendía,
con mi desdén le llamaba,
con mi altivez le acercaba
a mí cuando más huía.
Finalmente, por quedarme
con el nombre de cristiana,
antes que por ser sultana,
medrosa vine a entregarme.

PADRE
Has de advertir en tu mal,
y sé que lo advertirás,
que por lo menos estás,
hija, en pecado mortal.
Mira el estado que tienes,
y mira cómo te vales,
porque está lleno de males,
aunque parece de bienes.

SULTANA
Pues sabrás aconsejarme,
dime, mas es disparate:
¿será justo que me mate,
ya que no quieren matarme?
¿Tengo de morir a fuerza
de mí misma? Si no quiere
Él que viva, ¿me requiere
matarme por gusto o fuerza?

PADRE
Es la desesperación
pecado tan malo y feo,
que ninguno, según creo,
le hace comparación.
El matarse es cobardía
y es poner tasa a la mano

77

liberal del Soberano
Bien que nos sustenta y cría.
Esta gran verdad se ha visto
donde no puede dudarse:
que más pecó en ahorcarse
Judas que en vender a Cristo.

SULTANA
Mártir soy en el deseo,
y, aunque por agora duerma
la carne frágil y enferma
en este maldito empleo,
espero en la luz que guía
al cielo al más pecador,
que ha de dar su resplandor
en mi tiniebla algún día;
y desta cautividad,
adonde reino ofendida,
me llevará arrepentida
a la eterna libertad.

PADRE
Esperar y no temer
es lo que he de aconsejar,
pues no se puede abreviar
de Dios el sumo poder.
En su confianza atino,
y no en mal discurso pinto
deste ciego laberinto
a la salida el camino;
pero si fuera por muerte,
no la huyas, está firme.

SULTANA
Mis propósitos confirme
el cielo en mi triste suerte,
para que, poniendo el pecho
al rigor jamás pensado,
Él quede de mí pagado
y vos, padre, satisfecho.
Y voyme, porque esta tarde
tengo mucho en que entender;
que el Gran Señor quiere hacer

de mis donaires alarde.
Si os queréis hallar allí,
padre, en vuestra mano está.

PADRE
¿Cómo hallarse allí podrá
quien está perdido aquí?
Guardarás de honestidad
el decoro en tus placeres,
y haz aquello que supieres
alegre y con brevedad;
da indicios de bien criada
y bien nacida.

SULTANA
Sí haré,
puesto que sé que no s[é]
de gracias algo, ni aun nada.

PADRE
¡Téngate Dios de su mano!
¡Ve con él, prenda querida,
malcontenta y bien servida;
yo, triste y alegre en vano!

(Éntranse,
y la SULTANA se ha de vestir a lo cristiano,
lo más bizarramente que pudiere.)
(Salen los dos músicos, y MADRIGAL con ellos,
como cautivos, con sus almillas coloradas,
calzones de lienzo blanco, borceguíes negros,
todo nuevo, con vueltas sin lechuguillas.
MADRIGAL traiga unas sonajas,
y los demás sus guitarras.
Señálanse los músicos primero y segundo.)
[MÚSICO] 1.º
Otro es esto que estar al pie del palo,
esperando la burla que os tenía
algo de mal talante.

MADRIGAL
¡Por San Cristo,
que estaba algo mohíno! Media entena

79

habían preparado y puesto a punto
para ser asador de mis redaños.

[MÚSICO] 2.º
¿Quién os metió a ser sastre?

MADRIGAL
El que nos mete
agora a todos tres a ser poetas,
músicos y danzantes y bailistas:
el diablo, a lo que creo, y no otro alguno.

[MÚSICO] 1.º
A no volver en sí la Gran Sultana
tan presto, ¡cuál quedábades, bodega!

MADRIGAL
Como conejo asado, y no en parrillas.
¡Mirad este tirano!

[MÚSICO] 2.º
Hablad pasito.
¡Mala Pascua os dé Dios! ¿No se os acuerda
de aquel refrán que dicen comúnmente
que las paredes oyen?

MADRIGAL
Hablo paso,
y digo...

[MÚSICO] 1.º
¿Qué decís? No digáis nada.

MADRIGAL
Digo que el Gran Señor tiene sus ímpetus,
como otro cualquier rey de su tamaño,
y temo que a cualquiera zancadilla
que demos en la danza ha de pringarnos.

[MÚSICO] 2.º
¿Y sabéis vos danzar?

MADRIGAL

Como una mula;
pero tengo un romance correntío,
que le pienso cantar a la loquesca,
que trata ad longum todo el gran suceso
de la grande sultana Catalina.

[MÚSICO] 1.º
¿Cómo lo sabéis vos?

MADRIGAL
Su mismo padre
me lo ha contado todo ad pedem litere.

[MÚSICO] 2.º
¿Qué cantaremos más?

MADRIGAL
Mil zarabandas,
mil zambapalos lindos, mil chaconas,
y mil pésame dello, y mil folías.

MÚSICO 1.º
¿Quién las ha de bailar?

MADRIGAL
La Gran Sultana.

MÚSICO 2.º
Imposible es que sepa baile alguno,
porque de edad pequeña, según dicen,
perdió la libertad.

MADRIGAL
Mirad, Capacho,
no hay mujer española que no salga
del vientre de su madre bailadora.

MÚSICO 1.º
Ésa es razón que no la contradigo;
pero dudo en que baile la Sultana
por guardar el decoro a su persona.

MÚSICO 2.º

También danzan las reinas en saraos.

MADRIGAL
Verdad; y a solas mil desenvolturas,
guardando honestidad, hacen las damas.

MÚSICO 1.º
Si nos hubieran dado algún espacio
para poder juntarnos y acordarnos,
trazáramos quizá una danza alegre,
cantada a la manera que se usa
en las comedias que yo vi en España;
y aun Alonso Martínez, que Dios haya,
fue el primer inventor de aquestos bailes,
que entretienen y alegran juntamente,
más que entretiene un entremés [de] hambriento,
ladrón o apaleado.

MÚSICO 2.º
Verdad llana.

MADRIGAL
Desta vez nos empalan; désta vamos
a ser manjar de atunes y de tencas.

MÚSICO 1.º
Madrigal, ésa es mucha cobardía;
mentiroso adivino siempre seas.

(Entra RUSTÁN.)
RUSTÁN
Amigos, ¿estáis todos?

MADRIGAL
Todos juntos,
como nos ves, con nuestros instrumentos;
pero todos con miedo tal, que temo
que habemos de oler mal desde aquí a poco.

RUSTÁN
Limpios y bien vestidos vais, de nuevo;
no temáis, y venid, que ya os espera
el Gran Señor.

MADRIGAL
[Yo] juro a mi pecado
que voy.
¡Dios sea en mi ánima!

[MÚSICO] 2.º
No temas,
que nos haces temer sin cosa alguna,
y ayuda a los osados la Fortuna.

(Éntranse.)

(Sale MAMÍ a poner un estrado,
con otros dos o tres garzones;
tienden una alfombra turca,
con cinco o seis almohadas de
terciopelo de color.)

MAMÍ
Tira más desa parte, Muza, tira;
entra por los cojines tú, Arnaute;
y tú, Bairán, ten cuenta que las flores
se esparzan por do el Gran Señor pisare,
y enciende los pebetes. ¡Ea, acabemos!
(Hácese todo esto sin responder los garzones,
y, en estando puesto el estrado,
entra el GRAN TURCO, RUSTÁN
y los músicos y MADRIGAL.)

TURCO
¿Sois español[es], por ventura?

MADRIGAL
Somos.

TURCO
¿De Aragón o andaluces?
MADRIGAL
Castellanos.

TURCO
¿Soldados, o oficiales?

MADRIGAL
Oficiales.
Texto

TURCO
¿Qué oficio tenéis vos?

MADRIGAL
¿Yo? Pregonero.

TURCO
Y éste, ¿qué oficio tiene?

MADRIGAL
Guitarrista:
quiero decir que tañe una guitarra
peor ochenta veces que su madre.

TURCO
¿Qué habilidad esotro tiene?

MADRIGAL
Grande:
costales cose, y sabe cortar guantes.

TURCO
¡Por cierto, los oficios son de estima!

MADRIGAL
¿Quisieras tú, señor, que el uno fuera
herrero, y maestro de hacha fuera el otro,
y el otro polvorista, o, por lo menos,
maestro de fundar artillería?

TURCO
A serlo, os estimara y regalara
sobre cuantos cautivos tengo.

MADRIGAL
Bueno;
en humo se nos fuera la esperanza
de tener libertad.

TURCO
Cuando Alá gusta,
hace cautivo aquél, y aquéste libre:
no hay al querer de Alá quien se le oponga.
Mirad si viene Catalina.

RUSTÁN
Viene,
y adonde pone la hermosa planta
un clavel o azucena se levanta.

(Entra la SULTANA, vestida a lo cristiano,
como ya he dicho, lo más ricamente que pudiere;
trae al cuello una cruz pequeña de ébano;
salen con ella ZAIDA y ZELINDA,
que son CLARA y LAMBERTO,
y los tres garzones que pusieron el estrado.)

TURCO
Bien vengas, humana diosa,
con verdad, y no opinión;
más que los cielos hermosa,
centro do mi corazón
se alegra, vive y reposa;
a mis ojos más lozana
que de abril fresca mañana,
cuando, en brazos de la aurora,
pule, esmalta, borda y dora
el campo y al mundo ufana.
No es menester mudar traje
para que os rinda, contento,
todo el orbe vasallaje.

SULTANA
Tantas alabanzas siento
que me han de servir de ultraje,
pues siempre la adulación
nunca dice la razón
como en el alma se siente,
y así, cuando alaba, miente.

MADRIGAL

A un mentís, un bofetón.

[MÚSICO] 2.º
Madrigal amigo, advierte
dónde estamos; no granjees
con tu lengua nuestra muerte.

TURCO
Puede el valor que posees
sobre el cielo engrandecerte.
Ven, señora, y toma asiento,
que hoy mi alma tiene intento,
dulce fin de mis enojos,
de hacerse toda ojos
por mirarte a su contento.

(Siéntese el TURCO y la SULTANA en las almohadas;
quedan en pie RUSTÁN y MAMÍ y los músicos.)
MAMÍ
A la puerta está el cadí.

TURCO
Ábrele, y entre, Mamí,
pues no hay negarle la entrada.
Esta visita me enfada,
y más por hacerse aquí.
Vendráme a reprehender,
a reñir y a exagerar
que tengo en mi proceder,
como altivez en mandar,
llaneza en obedecer.
Inútil reprehensor
ha de ser, porque el Amor,
cuyas hazañas alabo,
teniéndome por su esclavo
no me deja ser señor.

(Entra el CADÍ.)
CADÍ
¿Qué es lo que veo? ¡Ay de mí!
¡Cielo, que esto consintáis!

TURCO

¡Por vida del gran cadí,
que no me reprehendáis,
y que os sentéis junto a mí!
Porque las reprehensiones
piden lugar y ocasiones
diferentes que éstas son.

CADÍ
Enmudezca mi razón
el silencio que me pones.
Callo y siéntome.

TURCO
Ansí haced.
Vosotros, como he pedido,
a darme gusto atended;
que yo sabré, agradecido,
hacer a todos merced.

MADRIGAL
Antes de llegar al trance
del baile nunca aprendido,
oye, señor, un romance.

MÚSICO 1.º
¡Plega a Dios que este perdido
no nos pierda en este lance!

MADRIGAL
Y has de saber que es la historia
de la vida de tu gloria;
y cantaréle muy presto,
porque soy único en esto,
y lo sé bien de memoria.
«En un bajel de diez bancos,
de Málaga, y en ivierno,
se embarcó para ir a Orán
un tal Fulano de Oviedo,
hidalgo, pero no rico:
maldición del siglo nuestro,
que parece que el ser pobre
al ser hidalgo es anejo.
Su mujer y una hija suya,

niña y hermosa en estremo,
por convenirles ansí,
también con él se partieron.
El mar les aseguraba
el tiempo, por ser de enero,
sazón en que los cosarios
se recogen en sus puertos;
pero como las desgracias
navegan con todos vientos,
una les vino tan mala,
que la libertad perdieron.
Morato Arráez, que no duerme
por desvelar nuestro sueño,
en aquella travesía
alcanzó al bajel ligero;
hizo escala en Tetuán
y a la niña vendió luego
a un famoso y rico moro,
cuyo nombre es Alí Izquierdo.
La madre murió de pena;
al padre a Argel le trujeron,
adonde sus muchos años
le escusaron de ir al remo.
Cuatro años eran pasados,
cuando Morato, volviendo
a Tetuán, vio a la niña
más hermosa que el sol mismo.
Compróla de su patrón,
cuatrodoblándole el precio
que había dado por ella
a Alí, comprador primero,
el cual le dijo a Morato:
"De buena gana la vendo,
pues no la puedo hacer mora
por dádivas ni por ruegos.
Diez años tiene apenas;
mas tal discreción en ellos,
que no les hacen ventaja
los maduros de los viejos.
Es gloria de su nación
y de fortaleza ejemplo;
tanto más cuanto es más sola,
y de humilde y frágil sexo".

Con la compra el gran cosario
sobremanera contento,
se vino a Constantinopla,
creo el año de seiscientos;
presentóla al Gran Señor,
mozo entonces, el cual luego
del serrallo a los eunucos
hizo el estremado entrego.
En Zoraida el Catalina,
su dulce nombre, quisieron
trocarle; mas nunca quiso,
ni el sobrenombre de Oviedo.
Viola al fin el Gran Señor,
después de varios sucesos,
y, cual si mirara al sol,
quedó sin vida y suspenso;
ofrecióle el mayorazgo
de sus estendidos reinos,
y diole el alma en señal...»

TURCO
¡Qué gran verdad dice en esto!

MADRIGAL
«Consiéntale ser cristiana...»

CADÍ
¡Estraño consentimiento!

TURCO
Calla, amigo; no me turbes,
que estoy mis dichas oyendo.

MADRIGAL
«Cómo no la halló su padre,
contar aquí no pretendo:
que serán cuentos muy largos,
si he de abreviar este cuento;
basta que vino a buscalla
por discursos y rodeos
dignos de más larga historia
y de otra sazón y tiempo.
Hoy Catalina es Sultana,

hoy reina, hoy vive y hoy vemos
que del león otomano
pisa el indomable cuello;
hoy le rinde y avasalla,
y, con no vistos estremos,
hace bien a los cristianos.
Y esto sé deste suceso.»

MÚSICO 2.º
¡Oh repentino poeta!
El rubio señor de Delo,
de su agua de Aganipe
te dé a beber un caldero.

MÚSICO 1.º
Paladéente las musas
con jamón y vino añejo
de Rute y Ciudarreal.

MADRIGAL
Con San Martín me contento.

CADÍ
¡El diablo es este cristiano!
Yo le conozco, y sé cierto
que sabe más que Mahoma.

TURCO
Hacerles mercedes pienso.
MADRIGAL
Tú, señora, a nuestra usanza
ven, que has de ser de una danza
la primera y la postrera.

SULTANA
El gusto desa manera
del Gran Señor no se alcanza;
que, como la libertad
perdí tan niña, no sé
bailes de curiosidad.

MADRIGAL
Yo, señora, os guiaré.

SULTANA
En buen hora comenzad.

(Levántase la SULTANA a bailar,
y ensáyase este baile bien.)
(Cantan los músicos:)

[MÚSICO]
A vos, hermosa española,
tan rendida el alma tengo,
que no miro por mi gusto
por mirar al gusto vuestro;
por vos ufano y gozoso
a tales estremos vengo,
que precio ser vuestro esclavo
más que mandar mil imperios;
por vos, con discurso claro,
puesto que puedo, no quiero
admitir reprehensiones
ni escuchar graves consejos;
por vos, contra mi Profeta,
que me manda en sus preceptos
que aborrezca a los cristianos,
por vos, no los aborrezco;
con vos, niña de mis ojos,
todas mis venturas veo,
y sé que, sin duda alguna,
por vos vivo y por vos muero.

(Muda el baile.)

Escuchaba la niña los dulces requiebros,
y está de su alma su gusto lejos.
Como tiene intento
de guardar su ley,
requiebros del rey
no le dan contento.
Vuelve el pensamiento
a parte mejor,
sin que torpe amor
le turbe el sosiego.
Y está de su alma su gusto lejos.

Su donaire y brío
estremos contienen
que del Turco tienen
preso el albedrío.
Arde con su frío,
su valor le asombra,
y adora su sombra,
puesto que vee cierto
que está de su alma su gusto lejos.

TURCO
Paso, bien mío, no más,
porque me llevas el alma
tras cada paso que das.
Déte el donaire la palma,
la ligereza y compás.
Alma mía, sosegad,
y si os cansáis, descansad;
y en este dichoso día
la liberal mano mía
a todos da libertad.

(Híncanse delante del TURCO,
en diciendo esto, todos de rodillas:
los cautivos, y ZAIDA y ZELINDA,
los garzones y la SULTANA.)
SULTANA
¡Mil veces los pies te beso!

ZELINDA
¡Éste ha sido para mí
felicísimo suceso!

TURCO
Catalina, ¿estás en ti?

SULTANA
No, señor, yo lo confieso:
que con la grande alegría
de la suma cortesía
que has con nosotros usado,
tengo el sentido turbado.

TURCO
Levanta, señora mía,
que a ti no te comprehende
la merced que quise hacer;
y, si la queréis saber,
a los esclavos se estiende,
y no a ti, que eres señora
de mi alma, a quien adora
como si fueses su Alá.

ZELINDA
¡Cerróseme el cielo ya!
¡Llegó de mi fin la hora!
No sé, Clara, qué temores
de nuevo me pronostican
el fin de nuestros amores,
y que ha de ser significan
nuevo ejemplo de amadores.
Creí que la libertad
que la liberalidad
del Gran Señor prometía,
a nosotros se estendía,
mas no ha salido verdad.

ZAIDA
Calla, y mira que no des
indicio de la sospecha,
que me contarás después.

CADÍ
¿De la merced tan bien hecha
no han de gozar estos tres?

TURCO
Los dos, sí; pero éste no,
que es aquel que se ofreció
de mostrar al elefante
a hablar turquesco elegante.

MADRIGAL
¡Cuerpo de quien me parió!
¿Ahí llegamos ahora?

TURCO
Enséñele, y llegará
de su libertad la hora.

MADRIGAL
Hora menguada será,
si Andrea no la mejora.
Pondré pies en polvorosa;
tomaré de Villadiego
las calzas.

CADÍ
Es tan hermosa
Catalina, que no niego
ser su suerte venturosa.
Pero, entre estos regocijos,
atiende, hijo, a hacer hijos,
y en más de una tierra siembra.

TURCO
Catalina es bella hembra.

CADÍ
Y tus deseos prolijos.

TURCO
¿Cómo prolijos, si están
a sólo un objeto atentos?

CADÍ
Los sucesos lo dirán.

TURCO
Con todo, tus documentos
por mí en obra se pondrán.
Escucha aparte, Mamí.

MADRIGAL
Y escuche, señor cadí,
cosas que le importan mucho.

CADÍ
Ya, Madrigal, os escucho.

MADRIGAL
Pues ya hablo, y digo ansí:
que me vengan luego a ver
treinta escudos, que han de ser
para comprar al instante
un papagayo elegante
que un indio trae a vender.
De las Indias del Poniente,
el pájaro sin segundo
viene a enseñar suficiente
a la ignorante del mundo
sabia y rica y pobre gente.
Lo que dice te diré,
pues ya sabes que lo sé
por ciencia divina y alta.

CADÍ
Ve por ellos, que sin falta
en mi casa los daré.

TURCO
Mamí, mira que sea luego,
porque he de volver al punto.
Venid, yesca de mi fuego,
divino y propio trasunto
de la madre del dios ciego.
Venid vosotros, gozad
de la alegre libertad
que he concedido a los dos. }}

MÚSICO 2.º
¡Concédate el alto Dios
siglos de felicidad!

MADRIGAL
Dicípulo, ¿dónde hallaste
una paga tan perdida
del gran bien que en mí cobraste?
Que si me diste la vida,
la libertad me quitaste.
Desto infiero, juzgo y siento
que no hay bien sin su descuento,

ni mal que algún bien no espere,
si no es el mal del que muere
y va al eterno tormento.

(Vanse todos, si no es MAMÍ y RUSTÁN, que quedan.)
MAMÍ
¿Qué piensas que me quería
el Gran Sultán?

RUSTÁN
No sé cierto;
pero saberlo querría.

MAMÍ
Él tiene, y en ello acierto,
voluble la fantasía.
Quiere renovar su fuego
y volver al dulce fuego
de sus pasados placeres;
quiere ver a sus mujeres,
y no tarde, sino luego.
Cuadróle mucho el consejo
del gran cadí, que le dijo,
como astuto, sabio y viejo:
«Hijo, hasta hacer un hijo
que sembréis os aconsejo
en una y en otra tierra:
que si ésta no, aquélla encierra
alegre fertilidad».

RUSTÁN
Fundado en esa verdad,
Amurates poco yerra.
Poco agravia a la Sultana,
pues por tener heredero
cualquier agravio se allana.

MADRIGAL
Y aun es mejor, considero,
no haberle en una cristiana
de cuantas cautivas tiene.
¿Quién es ésta que aquí viene?

RUSTÁN
Dos son.

MAMÍ
Estas dos serán
las que principio darán
al alarde.

RUSTÁN
Así conviene,
que son en estremo bellas.

(Entran CLARA y LAMBERTO; y,
como se ha dicho, son ZAIDA y ZELINDA.)

ZELINDA
No puedo de mis querellas
darte cuenta, que aún aquí
se están Rustán y Mamí.

ZAIDA
Pon silencio, amigo, en ellas.

MAMÍ
Cada cual de vosotras pida al cielo
que la suerte le sea favorable
en que Sultán la mire y le contente.

ZELINDA
¿Pues cómo? ¿El Gran Señor vuelve a su usanza?

RUSTÁN
Y en este punto se ha de hacer alarde
de todas sus cautivas.

ZAIDA
¿Cómo es esto?
¿Tan presto se le fue de la memoria
la singular belleza que adoraba?
El suyo no es amor, sino apetito.

RUSTÁN
Busca dónde hacer un heredero,

y sea en quien se fuere; ésta es la causa
de mostrarse inconstante en sus amores.

MAMÍ
¿Dónde pondré a Zelinda que la mire?
Que tiene parecer de ser fecunda.
¿Será bien al principio?

ZELINDA
¡Ni por pienso!
Remate sean de la hermosa lista
Zaida y Zelinda.

MAMÍ
Sean en buen hora,
pues que dello gustáis.

RUSTÁN
Mira, Zelinda:
da rostro al Gran Señor; muéstrale el vivo
varonil resplandor de tus dos soles:
quizá te escogerá, y serás dichosa
dándole el mayorazgo que desea.
Aquí será el remate de la cuenta.
Quedaos en tanto que a las otras pongo
en numerosa lista.

ZAIDA
Yo obedezco.

ZELINDA
Y yo que aquí nos pongas te agradezco.

(Vanse MAMÍ y RUSTÁN.)

ZELINDA
¡Ahora sí que es llegada
la infelicísima hora,
antes de venir, menguada!
¿Qué habemos de hacer, señora,
yo varón y tú preñada?
Que si Amurates repara
en esa tu hermosa cara,

escogeráte, sin duda;
y no hay prevención que acuda
a desventura tan clara.
Y si, por desdicha, fuese
tan desdichada mi suerte
que el Gran Señor me escogiese...

ZAIDA
Veréme en el de mi muerte,
si en ese paso te viese.

ZELINDA
¿No será bien afearnos
los rostros?

ZAIDA
Será obligarnos
a dar razón del mal hecho,
y será tan sin provecho
que ella sea en condenarnos.

ZELINDA
Mira qué prisa se dan
el renegado Mamí
y el mal cristiano Rustán.
Ya las cautivas aquí
llegan: ya todas están;
yo seguro, si las cuentas,
que hallarás más de docientas.

ZAIDA
Y todas, a lo que creo,
con diferente deseo
del nuestro, pero contentas.
¡Oh, qué de paso que pasa
por todas el Gran Señor!
A más de la mitad pasa.

ZELINDA
Clara, un helado temor
el corazón me traspasa.
¡Plegue a Dios que, antes que llegue,
el cielo a la tierra pegue

sus pies!

ZAIDA
Quizá escogerá
primero que llegue acá.

ZELINDA
Y si llegare, ¡que ciegue!

(Entra el GRAN TURCO, MAMÍ y RUSTÁN.)
TURCO
De cuantas quedan atrás
no me contenta ninguna.
Mamí, no me muestres más.

MAMÍ
Pues entre estas dos hay una
en quien te satisfarás.

RUSTÁN
Alzad, que aquí la vergüenza
no conviene que os convenza;
alzad el rostro las dos.

TURCO
¡Catalina, como vos,
no hay ninguna que me venza!
Mas, pues lo quiere el cadí,
y ello me conviene tanto,
ésta me trairéis, Mamí.

(Échale un pañizuelo el TURCO a ZELINDA y vase.)

RUSTÁN
¿Tú solenizas con llanto
la dicha de estotra?

ZAIDA
Sí;
porque quisiera yo ser
la que alcanzara tener
tal dicha.

MAMÍ
Zelinda, vamos.

RUSTÁN
Sola y triste te dejamos.

ZAIDA
¡Tengo envidia, y soy mujer!

(Vanse RUSTÁN y MAMÍ,
y llevan a ZELINDA,
que es LAMBERTO.)

¡Oh mi dulce amor primero!
¿Adónde vas? ¿Quién te lleva
a la más estraña prueba
que hizo amante verdadero?
Esta triste despedida
bien claro me da a entender
que, por tu sobra, ha de ser
mi falta más conocida.
¿Qué remedio habrá que cuadre
en tan grande confusión,
si eres, Lamberto, varón,
y te quieren para madre?
¡Ay de mí, que de la culpa
de nuestro justo deseo,
por ninguna suerte veo
ni remedio ni disculpa!

(Sale la SULTANA.)

SULTANA
Zaida, ¿qué has?

ZAIDA
Mi señora,
no alcanzo cómo te diga
el dolor que [en] mi alma mora:
Zelinda, aquella mi amiga
que estaba conmigo ahora,
al Gran Señor le han llevado.

SULTANA
¿Pues eso te da cuidado?
¿No va a mejorar ventura?

ZAIDA
Llévanla a la sepultura;
que es varón y desdichado.
Ambos a dos nos quisimos
desde nuestros años tiernos,
y ambos somos transilvanos,
de una patria y barrio mismo.
Cautivé yo por desgracia,
que ahora no te la cuento
porque el tiempo no se gaste
sin pensar en mi remedio;
él supo con nueva cierta
el fin de mi cautiverio,
que fue traerme al serrallo,
sepulcro de mis deseos,
y los suyos de tal suerte
le apretaron y rindieron,
que se dejó cautivar
con un discurso discreto.
Vistióse como mujer,
cuya hermosura al momento
hizo venderla al Gran Turco
sin conocerla su dueño.
Con este designio estraño
salió con su intento Alberto,
que éste es el nombre del triste
por quien muero y por quien peno.
Conocióme y conocíle,
y destos conocimientos
he quedado yo preñada;
que lo estoy, y estoy muriendo.
Mira, hermosa Catalina,
que con este nombre entiendo
que te alegras: ¿qué he de hacer
en mal de tales estremos?
Ya estará en poder del Turco
el desdichado mancebo,
enamorado atrevido,
más constante que no cuerdo;

ya me parece que escucho
que vuelve Mamí diciendo:
«Zaida, ya de tus amores
se sabe todo el suceso.
¡Dispónte a morir, traidora,
que para ti queda el fuego
encendido, y puesto el gancho
para enganchar a Lamberto!»

SULTANA
Ven conmigo, Zaida hermosa,
y ten ánima, que espero,
en la gran bondad de Dios,
salir bien de aqueste estrecho.

(Éntranse las dos.)

(Sale el GRAN TURCO,
y trae asido del cuello a LAMBERTO,
con una daga desenvainada;
sale con el CADÍ y MAMÍ.)

TURCO
¡A mí el ser verdugo toca
de tan infame maldad!

ALBERTO
Tiempla la celeridad
que aun tu grandeza apoca;
déjame hablar, y dame
después la muerte que gustes.

TURCO
No podrás con tus embustes
que tu sangre no derrame.

CADÍ
Justo es escuchar al reo:
Amurates, óyele.

TURCO
Diga, que yo escucharé.

MAMÍ
Que se disculpe deseo.

ALBERTO
Siendo niña, a un varón sabio
oí decir las excelencias
y mejoras que tenía
el hombre más que la hembra;
desde allí me aficioné
a ser varón, de manera
que le pedí esta merced
al Cielo con asistencia.
Cristiana me la negó,
y mora no me la niega
Mahoma, a quien hoy gimiendo,
con lágrimas y ternezas,
con fervorosos deseos,
con votos y con promesas,
con ruegos y con suspiros
que a una roca enternecieran,
desde el serrallo hasta aquí,
en silencio y con inmensa
eficacia, le he pedido
me hiciese merced tan nueva.
Acudió a mis ruegos tiernos,
enternecido, el Profeta,
y en un instante volvióme
en fuerte varón de hembra;
y si por tales milagros
se merece alguna pena,
vuelva el Profeta por mí,
y por mi inocencia vuelva.

TURCO
¿Puede ser esto, cadí?

CADÍ
Y sin milagro, que es más.

TURCO
Ni tal vi, ni tal oí.

CADÍ

El cómo es esto sabrás,
cuando quisieres, de mí,
y la razón te dijera
ahora si no viniera
la Sultana, que allí veo.

TURCO
Y enojada, a lo que creo.

ALBERTO
¡Mi desesperar espera!
(Entra la SULTANA y ZAIDA.)

SULTANA
¡Cuán fácilmente y cuán presto
has hecho con esta prueba
tu tibio amor manifiesto!
¡Cuán presto el gusto te lleva
tras el que es más descompuesto!
Si es que estás arrepentido
de haberme, señor, subido
desde mi humilde bajeza
a la cumbre de tu alteza,
déjame, ponme en olvido.
Bien, cuitada, yo temía
que estas dos habían de ser
azares de mi alegría;
bien temí que había de ver
este punto y este día.
Pero, en medio de mi daño,
doy gracias al desengaño,
y, porque yo no perezca,
no ha dejado que más crezca
tu sabroso y dulce engaño.
Échalas de ti, señor,
y del serrallo al momento:
que bien merece mi amor
que me des este contento
y asegures mi temor.
Todos mis placeres fundo
en pensar no harás segundo
yerro en semejante cosa.

TURCO
Más precio verte celosa,
que mandar a todo el mundo,
si es que son los celos hijos
del Amor, según es fama,
y, cuando no son prolijos,
aumentan de amor la llama,
la gloria y los regocijos.

SULTANA
Si por dejar herederos
este y otros desafueros
haces, bien podré afirmar
que yo te los he de dar,
y que han de ser los primeros,
pues tres faltas tengo ya
de la ordinaria dolencia
que a las mujeres les da.

TURCO
¡Oh archivo do la prudencia
y la hermosura está!
Con la nueva que me has dado,
te prometo, a fe de moro
bien nacido y bien criado,
de guardarte aquel decoro
que tú, mi bien, me has guardado;
que los cielos, en razón
de no dar más ocasión
a los celos que has tenido,
a Zelinda han convertido,
como hemos visto, en varón.
Él lo dice, y es verdad,
y es milagro, y es ventura,
y es señal de su bondad.

SULTANA
Y es un caso que asegura
sin temor nuestra amistad.
Y, pues tal milagro pasa,
con Zaida a Zelinda casa,
y con lágrimas te ruego
los eches de casa luego;

no estén un punto en tu casa,
que no quiero ver visiones.

ZAIDA
En duro estrecho me pones,
que no quisiera casarme.

SULTANA
Podrá ser vengáis a darme
por esto mil bendiciones.
Hazles alguna merced,
que no los he de ver más.

TURCO
Vos, señora, se la haced.
RUSTÁN
¿Ha visto el mundo jamás
tal suceso?

TURCO
Disponed,
señora, a vuestro albedrío
de los dos.

SULTANA
Bajá de Xío,
Zelinda o Zelindo es ya.

TURCO
¿Cómo tan poco le da
tu gran poder, si es el mío?
Bajá de Rodas le hago,
y con esto satisfago
a su valor sin segundo.

ALBERTO
Déte sujeción el mundo,
y a ti el Cielo te dé el pago
de tus entrañas piadosas,
¡oh rosa puesta entre espinas
para gloria de las rosas!

TURCO

Tú me fuerzas, no que inclinas,
a hacer magníficas cosas;
y así quiero, en alegrías
de las ciertas profecías
que de tus partos me has dado,
que tenga el cadí cuidado
de hacer de las noches días;
infinitas luminarias
por las ventanas se pongan,
y, con invenciones varias,
mis vasallos se dispongan
a fiestas extraordinarias;
renueven de los romanos
los santos y los profanos
grandes y admirables juegos,
y también los de los griegos,
y otros, si hay más, soberanos.

CADÍ
Haráse como deseas,
y desta grande esperanza
en la posesión te veas;
y tú con honesta usanza,
cual Raquel, fecunda seas.

SULTANA
Vosotros luego en camino
os poned, que determino
no veros más, por no ver
ocasión que haya de ser
causa de otro desatino.

ALBERTO
En dándome la patente,
me veré, señora mía,
de tu alegre vista ausente,
y tu ingenio y cortesía
tendré continuo presente.

ZAIDA
Y yo, hermosa Catalina,
por sin par y por divina
tendré vuestra discreción.

TURCO
Justas alabanzas son
de su bondad peregrina.
Ven, cristiana de mis ojos,
que te quiero dar de nuevo
de mi alma los despojos.

SULTANA
Dese modo, yo me llevo
la palma destos enojos;
porque las paces que hacen
amantes desavenidos
alegran y satisfacen
sobremodo a los sentidos,
que enojados se deshacen.

(Éntranse todos.)
(Salen MADRIGAL y ANDREA.)

MADRIGAL
Veislos aquí, Andrea, y dichosísimo
seré si me ponéis en salvamento;
porque no hay que esperar a los diez años
de aquella elefantil cátedra mía;
más vale que los ruegos de los buenos
el salto de la mata.

ANDREA
¿No está claro?

MADRIGAL
Los treinta de oro en oro son el precio
de un papagayo indiano, único al mundo,
que no le falta sino hablar.

ANDREA
Si es mudo,
alabáisle muy bien.

MADRIGAL
¡Cadí ignorante!...

ANDREA
¿Qué decís del cadí?

MADRIGAL
Por el camino
te diré maravillas. Ven, que muero
por verme ya en Madrid hacer corrillos
de gente que pregunte: «¿Cómo es esto?
Diga, señor cautivo, por su vida:
¿es verdad que se llama la Sultana
que hoy reina en la Turquía, Catalina,
y que es cristiana, y tiene don y todo,
y que es de Oviedo el sobrenombre suyo?»
¡Oh, qué de cosas les diré! Y aun pienso,
pues tengo ya el camino medio andado,
siendo poeta, hacerme comediante
y componer la historia desta niña
sin discrepar de la verdad un punto,
representado el mismo personaje
allá que hago aquí. ¿Ya es barro, Andrea,
ver al mosqueterón tan boquiabierto,
que trague moscas, y aun avispas trague,
sin echarlo de ver, sólo por verme?
Mas él se vengará quizá poniéndome
nombres que me amohínen y fastidien.
¡Adiós, Constantinopla famosísima!
¡Pera y Permas, adiós! ¡Adiós, escala,
Chifutí y aun Guedí! ¡Adiós, hermoso
jardín de Visitax! ¡Adiós, gran templo
que de Santa Sofía sois llamado,
puesto que ya servís de gran mezquita!
¡Tarazanas, adiós, que os lleve el diablo,
porque podéis al agua cada día
echar una galera fabricada
desde la quilla al tope de la gavia,
sin que le falte cosa necesaria
a la navegación!

ANDREA
Mira que es hora,
Madrigal.

MADRIGAL

Ya lo veo, y no me quedan
sino trecientas cosas a quien darles
el dulce adiós acostumbrado mío.

ANDREA
Vamos, que tanto adiós es desvarío.

(Vanse.)

(Salen SALEC, el renegado, y ROBERTO
(los dos primeros que comenzaron la comedia).)

SALEC
Ella, sin duda, [es], según las señas
que me ha dado Rustán, aquel eunuco
que dije ser mi amigo.

ROBERTO
No lo dudo;
que aquel volverse en hombre por milagro
fue industria de Lamberto, que es discreto.

SALEC
Vamos a la gran corte, que podría
ser que saliese ya con la patente
de gran bajá de Rodas, como dicen
que el Gran Señor le ha hecho.

ROBERTO
¡Dios lo haga!
¡Oh si los viese yo primero, y antes
que cerrase la muerte estos mis ojos!

SALEC
Vamos, y el cielo alegre tus enojos.
(Éntranse.)

(Suenan las chirimías;
comienzan a poner luminarias;
salen los garzones del TURCO por el tablado,
corriendo con hachas y hachos encendidos,
diciendo a voces:
«¡Viva la gran sultana doña Catalina de Oviedo!

¡Felice parto tenga, tenga parto felice!»
Salen luego RUSTÁN y MAMÍ,
y dicen a los garzones:)

RUSTÁN
Alzad la voz, muchachos; viva a voces
la gran sultana doña Catalina,
gran sultana y cristiana, gloria y honra
de sus pequeños y cristianos años,
honor de su nación y de su patria,
a quien Dios de tal modo sus deseos
encamine, por justos y por santos,
que de su libertad y su memoria
se haga nueva y verdadera historia.

CPSIA information can be obtained
at www.ICGtesting.com
Printed in the USA
LVOW04s0230211216

518200LV00007B/160/P